JN106248

SATOU

Illustration
Yoshimo

アシュト
本作の主人公。
魔法適性が「植物」だった
ために家を追放され、
魔境オーベルシュタインの
領主となる。
エルミナ
希少種族ハイエルフの
美少女。こう見えて
大のお酒好き。
シロ
ユグドラシルを守る
フェンリルの子供。
アシュトと遊ぶのが
大好き。

ルシファー
魔界都市
ベルゼブブの市長。
とんでもない秘密を
抱えている!?
シエラ
イタズラ好きな
神話七龍のお姉さん。
アシュトを
優しく見守る。
フレキ
アセナの兄。
薬師のタマゴとして、
アシュトの弟子となる。
アセナ
ワーウルフ族の少女。
なぜか早く大人に
なりたいらしい。
CHARACTERS
主な登場人物

皆さん、こんにちは。俺の名前はアシュトと言います。たまには礼儀（れいぎ）正しく、敬語で自己紹介をさせてください。

俺はビッグバロッグ王国の大貴族エストレイヤ家の次男坊だったのですが、魔法適性が『植物』という微妙なものだったために、父から「落ちこぼれは必要ない」と言われ、未開の森オーベルシュタインに追放されることに。俺は途方に暮れながらも、オーベルシュタインでのんびりとした第二の人生を過ごそうと決めたのでした。

そこは自然が豊かな場所で、俺の『植物』魔法は大活躍。しかもひょんなことからハイエルフやエルダードワーフ、デーモンオーガといった希少な種族が集まり、村ができて……いつの間にか村長と呼ばれるようになりました。

最近は、新しい種族がまた増えました。

花の妖精ハイピクシー、鉱山採掘のプロであるブラックモール族、ちょっと胡散臭（うさんくさ）い闇悪魔族（ディアボロス）や、全身が真っ赤な鱗（うろこ）に覆（おお）われているサラマンダー族などなど……気付けば村は希少種族だらけです。

さらに、ビッグバロッグ王国の同盟国である『ドラゴンロード王国』のお姫様、ローレライとクララベルの姉妹も村にやってきました。この二人は来たというか、大怪我して運ばれてきたってのが正しいですけどね。

その他にもエルダードワーフたちが村に巨大図書館を造ってくれたり、村の近くにある巨大な湖に出現した大マナズを退治したりと、のんびりとはかけ離れた出来事が続出。

俺はスローライフを送りたいんだけど……やっぱり、トラブルってのは続くんだよなぁ、と思う今日この頃です。

第一章　人狼（ワーウルフ）の訪問者

それは、突然やってきた。

「た……助けて、ください」

サラマンダー族が、酷（ひど）い怪我をした見知らぬ男性を俺の家に運んできた。

なんでも、村の入口で倒れていたそうだ。

診察室に連れていき、さっそく治療を開始する。

「……怪我、だけじゃないな」

男性は全身に裂傷（れっしょう）を負い、そして……深刻な栄養失調に陥（おちい）っていた。肋骨（ろっこつ）が浮き出るほどやせ細っている。

俺は一番怪我が酷い背中にハイエルフの秘薬を塗って治療したあと、ハーブスープを飲ませてやる。弱った身体には三種のハーブを混ぜたスープが一番。殺菌作用、体力回復の効果があり、何より美味（うま）い!!

おっと、そんなことはどうでもいい。

俺は安心させるように、男性に言う。

「魔獣にやられたようですね。ゆっくり休んで回復したら、住んでいる場所まで送りますよ」

「……はい。あの、あなたはこの村の……？」

「はい。村長のアシュトです」

「おお、噂の村長ですか!!」

「は、はぁ……噂がどんなものかわからないけど、たぶんそうです」

今までにも何度か「噂の村長」と呼ばれていたし、まあ今回も俺のことだろう。

男性は、ベッドの上で頭を下げた。

「お願いします!! どうか、うちの村を救ってください!!」

「え？」

「実は……うちの村に、疫病が発生したのです」

「……詳しく聞かせてください」

男性から「疫病」という単語を聞いた瞬間、頭の中で薬の在庫数を数えながら説明を求める。

男性は「はい」と頷き、話しだす。

「私はヲルフ。ワーウルフ族です」

「ワーウルフ族？」

「はい。今は人間の姿ですが、このように……」

「おお!?」

ヲルフと名乗った男性の全身に獣のような体毛が生え、牙が生え、耳が生え、人型の狼になった。灰色の毛並みの狼人間だ。身長も伸びているように感じる。

「……人狼の姿にも変身できます。獣人でも亜人でもない、ワーウルフという種族だと考えていただければ」

「は、はい」

ヲルフさんは、再び人間の姿へ。ちなみに人狼になっても怪我は治らないらしく、裂傷はそのままになっていた。

「それでヲルフさん、疫病ということですが」

「はい。村の中を流れる川がバイオスライムに汚染されたのです。川の飛沫を浴びた者や、水を飲んだ者が病におかされ……今は全員、家から出ることもできずに苦しんでおります。私だけが唯一、疫病にかかっていなかったので、飲まず食わずで住人の看病をしていましたが……もう、どうしようもなく、助けを求めてここまで来たのです」

「そうだったんですか……ところで、どうしてここに村があると?」

「最近、キングセンティピードが大きな箱を紐で括り付けて移動しているのを見たので、近くに人里があるのかと思いまして……その通り道に沿ってここまで来たのですが、魔獣に襲われて……命からがら、逃げてきました」

「なるほど……」

確かに以前、キングセンティピード——ムカデのセンティがワーウルフ族を見たと言っていた。あれはヲルフさんの姿だったのかもしれない。背中の怪我はやはり魔獣によるものか。

とにかく、話はわかった。

「わかりました。怪我がお辛(つら)いでしょうけど、もう少しだけ質問に答えてください。村の住人を助けましょう」

「……はい!!　ありがとうございます」

まずは、情報収集だ。

ワーウルフ族の村は、この村からヲルフさんの足で三日ほど走った距離にあるらしい。意外と近いことに驚いた。

村には川が流れ、その川の水を引いて行う農業がメイン産業とのこと。だが、バイオスライムという人体に有害な成分を持つ魔獣が川に棲(す)み着き、水が汚染。農作物は全滅し、村人もバイオスライムの毒素にやられてしまったそうだ。

対策としては、バイオスライムの駆除と住人の治療。

バイオスライムを駆除すれば、ひとまず川の水は数日後には綺麗(きれい)になる。

だが、問題は畑の方だ。大地が汚染されれば浄化は容易ではなく、数年から数十年は作物が育たなくなってしまう。

少し悩み……思いつく。『緑龍の知識書（ムルシエラゴ・グリモワール）』に畑を浄化する魔法が載っているんじゃないか？

「いやいや、さすがにそこまでは……」

俺は『緑龍の知識書（ムルシエラゴ・グリモワール）』を出現させ、本をめくってみる。

＊＊

『植物魔法・基礎』
○土壌回復（アースヒール）
土が汚染されちゃって農作物が育たない!!（泣）
なら……回復させちゃおう!!
この魔法は土壌の毒素を分解して、栄養にしちゃう♪
美味（おい）しい農作物、期待しているからね♪

＊＊

「あるんかい!!　じゃあついでにバイオスライムについても調べるか……」

＊＊

○バイオスライム

毒を持ってる紫色のスライム!!
川に棲み着く厄介者。捕獲しても食べられません♪
弱点はなんと……お塩!!
川にちょっぴりお塩を混ぜるとジュワジュワ～って消えちゃいます♪
水の味に敏感だから、一度浄化するともう安心。二度とその川には棲み着かない!!

＊＊＊＊＊＊＊＊＊＊＊＊＊＊＊＊＊＊＊＊＊

「……なるほど、塩か」

念のため、うちの村近くの川にも塩を溶かしておこう。

とりあえず、これで対策方法はわかった。

まず、バイオスライムの毒を中和する薬を調合する。幸い、シエラ様こと緑龍ムルシエラゴ様からもらった本の中に、その情報はあった。材料も村にあるものや近くに自生している薬草だったので、なんとかなりそうだ。

ヲルフさんの村には二百人ほどのワーウルフが暮らしているらしい。最低でも二百人分以上の薬を調合しなくちゃいけない。

俺は身の回りの世話をしてくれている銀猫族のシルメリアさんに頼み、村の住人たちを集めてもらい「ワーウルフ族の村を救うから手を貸してほしい」と伝える。すると、全住人が迷わず手を貸してくれると言ったので驚いた。

さっそく数グループに分け、解毒剤に必要な薬草を採取してもらったり、炊き出し用の野菜や新鮮な魔獣の肉を準備してもらったりする。

センティの運搬用箱に炊き出し道具を積み、手の空いた人には解毒剤の調合を手伝ってもらった。

こうしている間にも、どんどん時間は経過していく。早く行かないと病にかかった人々が衰弱死する可能性もある。

俺はデーモンオーガのバルギルドさんとディアムドさんに、ワーウルフ族の村に先行するようにお願いした。

この二人は毒が効かない体質だから、バイオスライムの駆除を頼んだのである。

塩水を作り、川の上流から流すだけなので簡単だ。

ヲルフさんはまだ治療を受けたばかりだったが、村までの案内を買って出た。なかなかの根性だとディアムドさんは褒めていた。

ヲルフさんはバルギルドさんに背負われることに。

そして三人は村を発ったのだった。デーモンオーガの二人のスピードなら、数時間で目的地に着くだろう。

俺たちも大急ぎで薬の調合と荷作りを進める。

準備をしている間、先発隊としてワーウルフ族の村に行くメンバーも選定しておいた。

まずは当然、俺。それに加えて魔犬族のベイクドさん、護衛としてデーモンオーガのノーマちゃんとキリンジくん、銀猫族が二十人ほどだ。

センティに乗れる人数には限りがあるからな。まずはこのメンバーを運んでもらい、あとから追加の人員を連れてきてもらう予定だ。

ベイクドさんを最初に連れていく理由は、ワーウルフ族の村までの道案内をしてもらうためだ。

魔犬族の嗅覚は、全獣人の中でもトップクラス。バルギルドさんたちの匂いを追跡すれば、道中で迷うことはない。あとは通った道をセンティに覚えてもらい、往復する。

日が暮れる少し前に、物資の準備ができた。

運搬用箱に荷物を積み、俺たちが乗る用の箱と一緒にセンティに括り付ける。着く頃には真っ暗になるだろうが、そんなことは関係ない。毒の治療は一分一秒を争うからな。

よし、ワーウルフ族を助けるぞ!!

第二章　ワーウルフ族を救え!!

箱に乗り込む直前、俺はキリンジくんとノーマちゃんに言う。

「キリンジくん、ノーマちゃん、護衛をよろしくね」

「任せてくれ。父さんほどじゃないけど、毒の耐性もあるから、万が一の時には駆除も手伝える」

「あたしだって頑張るよ!!　道中で魔獣が出てきたらみんなのお土産にしてやるんだから!!」

実に頼もしいね。

続いて、ベイクドさんにも声をかける。

「ベイクドさん、道案内はよろしくお願いします」

「ああ。全獣人中、最高と呼ばれている魔犬族の嗅覚を見せてやろう」

「はい。あとは銀猫族のみんな、向こうに着いたら寝る暇もないくらい忙しくなると思う。よろしく頼む!!」

「「「「はい、ご主人様」」」」

ベイクドさんに銀猫族のみんな。

今回は俺だけじゃない、住人全員の力が必要だ。

俺は見送りに来ていた人々にも話しかける。

「エルミナ、シェリー、ミュディ、俺が留守にしている間、村のことは任せたぞ」

「任せなさい。それより、あんたも気を付けなさいよ」

「お兄ちゃん、頑張ってね」

「アシュト、気を付けてね」

ハイエルフのエルミナ、幼馴染み(おさななじみ)のミュディ、妹のシェリーがそれぞれの言葉で激励してくれた。

「ああ。任せろ」

村のことは彼女たちに任せれば安心だ。

続いて、ローレライとクララベルにも挨拶した。

「ローレライ、クララベル、子供たちをよろしくな」

「ええ。アシュト、気を付けてね」

「お兄ちゃん、怪我しちゃヤダよ?」

「うん、行ってくる」

俺は先発隊メンバーと一緒にセンティの箱に乗り込む。

「センティ、往復で大変かもだけど、よろしく頼む」

『任せてください、ワイの逃げ足を見せたるで!!』

「いや、逃げ足じゃないけどな……」

まあいいか。先発隊、ワーウルフ族の村に向けて出発だ!!

相変わらず、センティの乗り心地は最悪だった。

到着したのは夜遅く。

立ち並んでいる家は、一軒一軒明かりが灯(とも)っている。村の全容はよくわからないが、とにかく片っ端から治療していこう。

センティから降りて歩きだすと、村の中央広場にバルギルドさんとディアムドさん、杖をついたヲルフさんがいた。

「遅くなりました!!」

「村長、水の浄化は完了したぞ」

「塩水を流したらバイオスライムは溶けてなくなった。試しに水も飲んだが、問題ない」

バルギルドさんとディアムドさんが言った。

「わ、私も飲んだが、特に異常はなかった……くっ」

ヲルフさんも苦しげに言い、怪我が痛むのか傷口を手で押さえる。

「お前はもう寝ていろ。怪我人のくせに頑張りすぎだ」

ディアムドさんはヲルフさんを担いで、近くの建物に入った。どうやらそこがヲルフさんの家らしい。

俺はみんなの前に立ち、大声で指示を出す。

「さっそく治療を開始します!! バルギルドさんはセンティから荷物を降ろしてください。銀猫族たちは教えた通りの手順で、ワーウルフたちに薬を飲ませて!! 手分けして行くぞ!!」

銀猫族たちが解毒剤を持って、明かりの点いている家に向かう。

バルギルドさんには荷降ろしが終わったあと、村の中央に櫓を組んで火を熾してもらった。大きな篝火は安心感を与えるし、これから来るであろう後続組への目印にもなる。

俺もスライム製試験管に入った解毒剤を持ち、近くの家に入る。

中には、やせ細ったワーウルフ一家が寝込んでいた。

父親、母親、女の子だろうか。熱にうかされて苦しんでいる。

さっそく吸い飲みに解毒剤と三種のハーブ粉末を入れ、ぬるま湯で溶かして混ぜた。これなら解毒しながら体力を回復できる。

俺は女の子を抱き上げる……軽いな。

「ふぁ……」

「大丈夫？　ほら、ゆっくり飲んで……ゆっくり、ゆっくりね」

「ん、ふ」

少女は、こくんこくんと解毒剤を飲んだ。

父親と母親にも同じように飲ませ、様子を観察する。

「……よし、呼吸が安定。青ざめていた顔色も戻ってきた。解毒剤が効いたみたいだな」

少しだが、体力も回復しただろう。

このまま熱が下がれば安心だ。

「よし、次の家に行くぞ」

俺は、片っ端から解毒剤を飲ませて回った。

「なんとか、解毒は終わったか」
銀猫たちの協力もあり、ワーウルフ族全員の毒の治療が終わった。
幸い、死者はいなかった。ワーウルフ族が体力のある種族で助かった。

解毒剤を飲ませてからも油断できない。その後も、俺は徹夜で村中を回った。

真夜中に後続組の銀猫族が来たので、先発隊の銀猫族と交代させて看病に当たらせる。

やがて太陽が昇り始めた頃、全員が峠を越したことを確認する。

俺は朝日を浴びながら、全ての銀猫たちとバルギルドさん、ディアムドさん、ベイクドさんを集めて指示を出した。

「手分けして次の作業に移る。まず先発隊は家を回って、患者の身体を拭いてあげてくれ。服や下着、布団やシーツも交換してほしい。後続組は炊き出しの準備を頼む。デーモンオーガの皆さんとベイクドさんは、もう一度川のチェックをお願いします」

再び、作業が始まった。

村の中央に即席の竈を作り、消化のいいシチューを大量に用意する。今朝、様子を見たら、お腹を空かせているワーウルフがたくさんいたからね。

指示を出したあと、俺は怪我をしているヲルフさんの家に診察へ行く。

中に入ると、ベッドにうつ伏せで寝ていたヲルフさんが起き上がった。

「アシュト村長!!」

「そのまま動かないで。怪我の具合を診察します」

そう言って、傷口をチェックする。

とりあえず、怪我は大丈夫みたいだ。

明日には背中に塗っておいた薬液が固まって、剥がせるようになるだろう。

「あの、住人は」

「大丈夫。一人も死者はいません。みんな快方に向かっていますよ」

「おぉ……」

「さ、怪我を治すためにも栄養を摂らなくちゃ。もうすぐ炊き出しの準備ができますから、食事にしましょう」

「はいっ……ぐ、ぅぅ」

あらら。ヲルフさん、泣きだしちゃったよ……ま、この人が一番頑張ったからな。

さて、村人はこれでよし。

第三章　新たな食材との出会い

持ち込んだ食材をふんだんに使い、身体に優しいシチューをタップリ用意する。

シチューが出来上がる頃にはワーウルフ族の男性はなんとか動けるようになり、自らの足で取りに来た。女性や子供たちの分は銀猫族に運んでもらう。

なお、シチューは好評だった。何せ、料理上手の銀猫族が作っているんだからな。

俺もシチューをもらい、村の中央にある篝火の近くで食べる。

そこで、ようやく村の姿を落ち着いて見てみた。

まず、家の形が見慣れない。

屋根に藁のような植物を使っており、壁は木の枠組みに粘土のようなものを塗りつけて乾燥させている。うちの村とは建築方法が全然違う。

「ドワーフを連れてくりゃよかったな」

と、独り言。まぁ家は別にいいや。

それより、問題はまだ残っている。

ヲルフさんに確認したら、村の食料の備蓄はそこそこあるらしい。バイオスライムに汚染された水を引いた畑も、俺の魔法で整備すれば問題ない。

ただ、次の作物を収穫できるようになるまで、備蓄だけで過ごさなきゃならないのは辛いだろう。

その時、横から声をかけられる。

「アシュト様、よろしいですか」

「あ、はい」

「初めまして。ワーウルフ族のヴォルフと申します」

俺に頭を下げたのは、体格のいい男性だった。

確か、診察中に見た顔だな。寝たきりだから身長とか気にしてなかったけど、かなりデカい。

「情けない話ばかりで申し訳ないのですが」

「村の食料、ですね」

「はい」

俺はシチュー皿を近くの銀猫族に渡し、ヴォルフさんと話を始める。ちなみにヴォルフさん、ヲルフさんのお兄さんだそうだ。

「ワーウルフ族の主食である『コメ』は川が汚染される前に収穫を終えましたので、備蓄は問題ないのですが……その他の農作物は収穫前だったために全滅してしまいました。狩りをするにも、腕の立つワーウルフはまだ動けず……」

「わかりました。農作物はうちの村で手配します。肉はデーモンオーガの方々に狩りをしてもらい、保存が利く燻製を作りましょう。ワーウルフたちが体力を取り戻すまで……そうですね、二十日分ほどの肉があればいいでしょうか？」

「え……あ、ね、願ってもないお話ですが、その」

「じゃあさっそく手配します。無理のない範囲で、動けるワーウルフたちを集めて燻製の準備をお願いできますか？」

「は、はい」

「よし。じゃあ俺は畑の整備をしますか」

俺は村の外れにあるという畑地帯へ向かいながら、思った。

「……コメってなんだろう」

バルギルドさんたちに狩りをお願いしたあと。

一人で畑にやってきたはいいが、俺は目の前の光景に首を捻(ひね)っていた。

農作物が腐っている方の畑はまぁいい。『土壌回復(アースヒール)』をかけて土を混ぜ合わせれば肥料になるはずだ。

問題は、『コメ』とやらを収穫した方の畑である。

「うーん……なんだろう、畑というか……」

原っぱみたいだな、というのが最初に浮かんだ感想。

やたら広くて、藁のような草を刈り取った跡が残っている。

整備しようにも情報不足だ。ヴォルフさんを連れてくればよかった。

「さて、と」

『緑龍の知識書(ムルシエラゴ・グリモワール)』を開き、改めて使う魔法を確認して杖を構えた。

俺の見える範囲の畑を指定して呪文を唱える。

「愛(いと)おしい我が大地、不浄なる大地、恵みの大地、全部まとめてひっくり返れ、『土壌回復(アースヒール)』」

毎度思うが、この変な呪文はなんとかならないのか？

すると、大地が爆発した。

「ぬぉぉぉぉぉーーーーーっ!?」

違う、爆発したんじゃない。

指定した範囲の畑が、まるで渦潮(うずしお)のように回り始めた。

腐っていた農作物も細切れになり、大地と混ざり合っていく。

何これ、こんなド派手な演出だなんて聞いてないぞ⁉

ギュゴゴゴゴァァァァァーーーーーッ‼

地上では絶対に聞けないだろう音だ。腰を抜かしてしまった。情けない。

「アシュト様、一体何を⁉」

「うお、ヴォルフさん、これはその」

ヴォルフさんと動ける数名のワーウルフが音を聞きつけてやってきた。

そして、回転している畑を見て驚いている。当たり前だよな。

次第に渦が弱まり、音がやむ。

すると腐った農作物のあった畑に、フッカフカの土ができていた。

ヴォルフさんと数名が、畑の土に触れる。

「すごい、こんな上質な土は初めて見る……！」

「鍬でここまでやるのに、どれくらいかかるよ？」

「フワフワだぜ‼」

「いや、無理だろ」

な、なんか感動してる。

ヴォルフさんが俺に手を差し伸べた。ゴツく豆だらけの手は、畑仕事を長年やってきた証だろう。

俺はその手を掴んで立ち上がる。

「アシュト様。これほどの土を一瞬で作り出すとは、感服しました」

「は、はい。ええと、大地の汚染も消えたはずですので、このまま農業を再開して構いません。でも皆さんはまだ衰弱していますので、あまり無理はなさらぬように」

「はい!! ありがとうございます。ワーウルフ族を代表して礼を言わせていただきます」

その後、ヴォルフさんに案内してもらい、他の場所にあった畑にも『土壌回復（アースヒール）』を使う。

こうして、ワーウルフ族の畑は全て回復した。

川を確認して戻ってきたバルギルドさんたちによると、バイオスライムの影響も完全に消えたようだ。塩だけでこうも変わるとはなぁ。


それから村に滞在し、炊き出しを行いながら経過観察すること……四日間。

驚くことに住人全員が回復した。どうやらワーウルフの回復力は、獣人や亜人に匹敵（ひってき）するらしい。

ヲルフさんも怪我が完治し、炊き出しを手伝っている。

住人の中で最も症状の重かったのはワーウルフ族の長老だったのだが、彼も無事元気になった。

俺は今、長老の家に上がり、すっかり健康になった長老と向かい合っている。

「アシュト様。ワーウルフ族の危機を救っていただき、誠に感謝しております」

「いえ。死者が一人も出なくて安心しました」

大人も子供も老人も、誰も死ななかった。

ワーウルフ族が体力に恵まれた種族だからかもしれないが、それでも犠牲（ぎせい）が出なかったのは素直に嬉しい。

「お礼に我々にできることがあれば、なんでも仰ってください」

「そうですね……では、いくつか質問をしてよろしいでしょうか？」

「構いません。なんなりと」

「では、『コメ』ってなんでしょうか？」

ずっと治療に忙しくて聞けていなかったが、けっこう気になっていたことだ。

俺の知らない農作物。もしかしたら新たな交易ができるかも。

「コメとは、我らワーウルフ族の主食です」

「主食？　パンのような？」

「現物をお見せした方が早いでしょう。もうすぐ夕食の時間です、よろしければワーウルフ族の料理をお召し上がりください」

「では、お言葉に甘えて」

ワーウルフ族の主食か……なんだろう。

その日の夜。俺たちは村の中央広場に設けられた宴席用のテーブルについていた。
外に準備した竈で、すっかり回復したワーウルフの奥さんたちが、コメとやらを使った料理を

作っている。

銀猫族たちは案内された席に大人しく座っているが、もてなされるのに慣れてないのか、手伝いたそうにウズウズしている。

俺の隣には、回復したヲルフさんがいて、竈の脇に置かれてある白くて小さな粒を指さした。

「アシュト様、あれが我らの主食である『コメ』です」

「へぇ。あの白いやつが、ですか？」

「ええ。あれを炊くとふっくら柔らかに仕上がるのです」

「はぁ、なるほど」

それっぽく相槌を打ったが、正直よくわかってない。

ワーウルフの女性陣は大きな鍋に大量のコメを入れ、よーく洗ったあと水と一緒に弱火にかけた。

その横では別の鍋で、肉と野菜の炒め物やゴロゴロした野菜を入れたスープを作っている。あっちの料理はわかりやすいな。

やがて、コメを入れた鍋がシューシューと音を出し始め、白い泡が溢れてきた。

「鍋の中のコメが水を吸って、大きく膨らんでいるのです。まぁ、ご覧ください」

ヲルフさんに促され、鍋の近くへ。そして鍋を開けると……

「うわ……すげぇいい匂い」

固そうな白い粒だったコメが、ふっくらと炊き上がっていた。

ヲルフさんがヘラでコメをかき混ぜ、小皿に取り分けて俺に差し出す。

「アシュト様。味見を」

「……いただきます」

コメを一口で口の中へ……うん、美味い。柔らかくモチモチ、噛めば噛むほど甘い。

これ、なんにでも合いそうだ。スープカレーとかにも合いそう。

「美味しい……これが、コメ」

「はい、ワーウルフ族の自慢です!!」

ヲルフさんは、誇らしげに胸を張った。

ワーウルフ族の料理は、さっそくみんなに振る舞われた。

銀猫たちは食事もそこそこに、調理をしていたワーウルフのおばちゃんに群がり、コメを使った調理法を聞き出している。

「コメはどんな料理にも応用が利くよ。卵と炒めればパラパラになるし、塩気のあるものならなんにでも合う。余ったら握って固めれば弁当にもできるね」

「ふむふむ……あの、よろしければ、いくつかレシピを教えていただけないでしょうか?」

「もちろんさ。ふふふ、銀猫族が真面目で勤勉って噂はホントみたいだねぇ」

ワーウルフのおばちゃんは楽しそうに笑っていた。

俺は、少し離れた場所に座るワーウルフ族の長老のところに行く。

「あの、このコメをうちの村と取引してほしいのですが」

「もちろん構いません。コメだけは山ほど備蓄してあるので、いくらでも差し上げますよ」

「いえ、いただくのはさすがに。こちらから差し上げられるものは……」

長老と話し合い、うちからは果実とワインを交易品として出すことになった。なんでも、ワーウルフ族の村では果物類を育てていないらしく、森で採取するのがほとんどだから貴重なのだとか。

それとは別に、長老からお願いを受けた。

「アシュト様は素晴らしい薬師とお見受けします。此度も我らワーウルフ族の危機を救っていただいて、感謝してもし切れません」

「いやいや、そんな……ははは」

「そこで、お願いがございます」

「はい？」

その言葉を受け、長老の隣にいた青年……いや、ギリ少年くらいか？　が、一歩前に出た。

灰色の髪にメガネをかけた、大人しく優しげな男の子だ。たぶん十五、六歳くらいだろう。

「初めまして。フレキと申します」

フレキと名乗った少年は、丁寧に一礼する。

すると、長老が言う。

「この子は薬師見習いでして、ワーウルフ族イチの秀才なのです。どうかアシュト様、この子をあなた様の弟子にしていただけないでしょうか」

「え？」

「お願いします。ボク……アシュト様、いえ、師匠のような薬師になりたいんです!!」

フレキくんが目を輝かせて言った。

お、俺の弟子？　ま、まじで？

第四章　ワーウルフ族の少年フレキ

翌朝、俺たちはコメをたっぷりセンティに積み込み、村に帰ることにした。ワーウルフ族の村はもう大丈夫だろう。

出発直前、ワーウルフたちは村人総出で見送りに来た。

俺はセンティに乗る前、長老とがっちり握手する。別れの挨拶としてだけではなく、これからの取引相手としての握手でもある。

「アシュト様、本当にお世話になりました。大した礼もできずに申し訳ない」

「いえ、このコメをいただけただけで嬉しいです。それと、これからよろしくお願いします」

「はい。我々ワーウルフ族一同、困ったことがあれば力になりますぞ」

「ありがとうございます」

「それと……フレキとアセナをよろしくお願いいたします」

「は、はい。その、俺にできることなら」

俺と長老の視線は、すでにセンティに乗っている二人のワーウルフへ。

一人は灰色の髪にメガネをかけた賢そうな少年、フレキくん。もう一人は十歳くらいの、灰色のロングヘアの少女、アセナちゃん。二人は兄妹である。

フレキくんだけでなく、アセナちゃんも来ることになったのはちょっとした理由がある。

ま、それはおいおい。

「では、失礼します」

「はい。では……」

「え」

なんと、長老は人狼へ変身。それが合図だったかのように、他の住人もほぼ全員が変身した。

俺がセンティに乗り込むと、人狼たちは雄叫びを上げる。

「ウォォォォォーーーーーンッ!!」

「「「「ウォォォォォーーーーーーンッ!!」」」」

これが、ワーウルフ流の見送りというわけか。

俺は雄叫びにビビったセンティを促し、ワーウルフ族の村をあとにした。

数時間で村に到着。数日ぶりに戻ってきた俺たちは、住人たちに歓迎された。
「ただいまー」

「お帰りなさいませ、ご主人様」

「おかえりなさい、ご主人さまっ」

「お兄ちゃんおかえりー」

シルメリアさん、銀猫族の少女ミュアちゃん、魔犬族の少女ライラちゃんが最初に出迎えてくれた。シルメリアさん、ご主人様の出迎えをするのは自分が先だとでも言うように、みんなより一歩前に出ている。

そしてその後ろにいるのは……

「お帰りお兄ちゃん、身体は大丈夫？」

「お帰りなさい、アシュト」

シェリーとミュディだ。

疫病の蔓延（はびこ）っていた村からの帰りだからか、心配そうにしている。

もちろん、俺は病気にはかかってない。というか、実際の原因は毒だったわけだし、感染の心配はなかったたな。

「お帰りなさい、アシュト」

「お兄ちゃん、おかえり」

「まんどれーいく」

「あるらうねー」

続いて近寄ってきたのはローレライとクララベル、マンドレイクとアルラウネだ。

こっちはいつも通りな感じ。でも、心配して泣かれるよりはいいか。

そして、全員の視線が俺の後ろにいる二人のワーウルフに移る。

ミュディが首を傾げ、代表して聞いてきた。

「その子たちは、お客さん？」

「お客さんというか、移住者かな。フレキくんとアセナちゃんだ」

俺がそう言うと、フレキくんたちは前に進み出た。

「初めまして。ワーウルフ族のフレキと申します。師匠のもとで薬師の技術を学ぶため、この村に来ました。どうかよろしくお願いします!!」

「初めまして。アセナと申します。兄さんのお世話役として来ました」

しっかり一礼するフレキくんと、ちょこんとお辞儀するアセナちゃん。

ミュディが驚きつつ尋ねる。

「し、師匠って……アシュトのこと？」

「はい!!　ボク、村を救ってくれたアシュト師匠のような薬師になりたいんです!!」

「ってわけで……はは、俺でいいのかなぁ」

師匠と呼ばれるのは照れくさい。

すると、シェリーが軽ーく言った。

「ま、お兄ちゃんなら平気でしょ」

「お、おいおいシェリー、無責任なこと言うなよ。師匠って言われても」

「……あのねお兄ちゃん。お兄ちゃんはビッグバロッグ王国の最年少薬師でしょ。お父さんはまったく興味を示さなかったけど、十六歳で薬師の資格を取って、十七歳で新薬を開発して博士号も取るってすごいことなんだよ？　王宮薬師に推薦するなんて話もあったんだから」

「………え、そうなの？」

「そうだよ。お兄ちゃん、研究、研究に勉強、勉強で、自分の評判なんてまったく興味なかったでしょ？　シャヘル先生、かなり落ち込んでたわよ」

「う……シャ、シャヘル先生か」

シャヘル先生は、王宮の温室の世話を任されていたエルフの先生だ。俺の薬師としての教師でもあったんだけど……なんの挨拶もしないままオーベルシュタイン領土に来てしまった。

今更だが、ビッグバロッグには世話になった人が山ほどいるのに、挨拶も碌にしていない。

と、その時フレキくんが目をキラキラさせて言ってきた。

「す、すごい……十六歳って、ボクと同じ年齢です。その頃から師匠は薬師として活躍されていたのですね!!」

「あ、あはは……まぁそうだね」

「改めて尊敬します!!」

フレキくんはそう言って頭を下げる。

なんというか、素直でいい子なのかも。

「とりあえず、住む家を手配しようか。シルメリアさん、空き家はあったよね」

「はい。お弟子さんということなら、ご主人様のご自宅に近い方がいいでしょう。さっそく手配いたします」

「よろしくお願いします。それと……」

俺は、ぴちっと立っているアセナちゃんを見た。

「兄さんのお世話はわたしの仕事です。お任せください」

「あー……いいの？　フレキくん」

「はぁ……アセナ、お前はまだ半人前なんだ。あまり無理は……」

「していません。炊事洗濯などの家事は一通りこなせます。兄さんは何も気にせず、薬師としてのお勉強をしてください」

ツンとした口調で喋るアセナちゃん。

そんな彼女を、ミュアちゃんとライラちゃんが興味津々といった風に見ていた。

同年代の女の子だし、友達になりたいのかも。

「兄さん、わたしのことはお気になさらず」

「……はぁ、まったく」

フレキくんは頭を抱えてしまった。

本来、アセナちゃんはここに来る予定じゃなかった。

フレキくんは家事がまるでできない。銀猫族のサポートを提案したが、年頃の少年だし、若い銀猫族にあれこれしてもらうのはさすがに恥ずかしいらしい。

そこで、家事をこなせる妹のアセナちゃんも一緒に連れていくことに……というのは建前だ。

フレキくんがあとでこっそり教えてくれたのだが、お兄ちゃんっ子のアセナちゃんは、フレキくんと離ればなれになるのが寂しかったらしく、出発前夜に無理矢理同行をお願いしたとか。

フレキくんはこっそり話しかけてくる。

「申し訳ありません師匠。しばらく二人で生活してみます。どうしても無理なようならば、お手伝いをお願いするかもしれません」

「ああ、わかった。その時は遠慮しないで頼ってくれ」

「はい。ありがとうございます」

それにしても、俺が師匠か……

成り行きで受けたけど、師匠と呼ばれるからにはちゃんとやらないとなぁ。ワーウルフ族の村には薬師がいないらしいので、フレキくんを育てて、ワーウルフ族の村の薬師第一号にするつもりだ。

まあ先のことは置いといて、とりあえず今日は歓迎の宴(うたげ)を開こうかな。

第五章　アシュト師匠と弟子のフレキ

「おはようございます、師匠!!」

「うおっ」

翌朝。温室の手入れに行こうと家を出たら、フレキくんがドアの前で待っていた。

朝から目をキラキラさせて俺を見ている。

「お、おはようフレキくん。早いね」

「はい!! 師匠が早朝に温室の手入れをすると昨夜仰っていたので、こうしてお待ちしていました!!」

「そっか。やる気いっぱいだね」

「はい!!」

やる気満々なのはいいことだ……というか声デカいね。

俺に学ぼうと、慣れ親しんだワーウルフ族の村から出てきたフレキくん。

同族のいないこの村で暮らすのは何かと不安だろうが、早く一人前になって帰れるように、俺の教えられることはしっかり教えようと改めて決意する。

「よし、じゃあ行こうか」

「はい!!」

「温室の手入れをしたら朝食だけど、朝ご飯はどうする?」

「あ、それなら大丈夫です。アセナが作っていますので」

「え、あ、アセナちゃんが?」

「ええ。ああ見えて、アセナは料理上手なんですよ」

そう言ったあと、フレキくんの視線は俺の足元へ。

「おはようございます。ええと、マンドレイクさん、アルラウネさん」

「まんどれーいく」

「あるらうねー」

「今日からボクも温室のお手伝いをさせていただきます。どうかよろしくお願いします!!」

「まんどれーいく」

「あるらうねー」

「え、ええと」

「ああ、いいんだ。この子たちはこれで」

困惑するフレキくんの背を押し、温室へ向かった。

温室へ到着すると、さっそく一悶着(ひともんちゃく)あった。

『きゃんきゃんっ!!』

「おはようシロ、エサの時間だぞ」

『くぅぅん』

村に来た当初よりも少し大きくなったシロ。フワフワした可愛い狼だ。

すると、シロを見たフレキくんの様子が一変した。

「まままままさか、ふぇふぇふぇフェンリルっ!?」

「お、わかるのかい？　まだ子供だけどね」

『くぅん？』

と、いきなりフレキくんは人狼へ変身し、シロに向かってジャンピング土下座した。

え、何してんのこの子。

「フェンリル様っ!!　まさかこのような場所で出会えるとはっ!!　私、ワーウルフ族のフレキと申します!!」

『きゃんきゃんっ!!』

シロはエサに夢中でフレキくんを見ていなかった。

というか、フレキくんの人狼形態を初めて見た。髪の色と同じ灰色の毛並みで、爪や尻尾もちゃんとある。外してないから当たり前だけど、メガネはかけているね。

とりあえず、俺はフレキくんに尋ねる。

「あ、あの、フレキくん？　どうしたのさ」

「神狼フェンリル様は、我らワーウルフ族の守護神であらせられるのです。こうしてお目にかかれるとは師匠の村に来て本当によかったたっ!!」

『きゃんきゃんっ!!』

感激するフレキくんを気にも留めず、シロはエサを完食。遊んでほしいのか俺の周りをぐるぐる走る。そしてマンドレイクとアルラウネは、すでに温室の手入れを始めていた。

「フレキくん、とりあえず俺たちも手入れをしよう。温室でどんな薬草を育てているか教えるからさ。それと、フレキくん用の温室も作るから、どんな薬草を育てるか今のうちに考えておきなよ」

「は、はいっ!!　も、申し訳ありません、興奮してしまって」

俺はシロを抱っこして、フレキくんと温室へ向かう。

シロが気になるのか、フレキくんはどことなく集中してなかった。まぁ初日だし、少しずつ慣れていけばいい。シロとは毎日顔を合わせることになる。

温室の手入れを終え、フレキくんは朝食を食べに自分の家に帰る。

俺たちも家に戻って朝食を終え、各々が仕事や遊びに出かける。

すると、フレキくんが再び家にやってきた。

「いらっしゃい。さっそく勉強と言いたいけど、まずは村を案内するよ」

「はい、よろしくお願いします」

「アセナちゃんは？」

「アセナは、掃除と洗濯をすると言っていました」

「じゃあ、一緒に連れていこうか。来たばかりでそんなに汚れてないだろうし、二人分の洗濯だけならすぐに終わる」

「わかりました師匠。ありがとうございます」

というわけで、今日は村の案内をする。

「わたしは別にいいのに」

「アセナ、わがまま言うな。師匠が自ら案内してくれるんだぞ」

「あはは……」

可愛らしい言い合いをするフレキくんとアセナちゃんを連れて、村を回る。

二人には昨夜の宴会中に住人を紹介したけど、みんなの仕事ぶりを見せながらもう一度紹介しよう。そうすればさらに顔を覚えやすくなるだろうし、各住人がどんな仕事をしているのかがわかる。

まず、エルダードワーフとサラマンダーの仕事を見せた。

彼らは主に建築担当で、最近は村全体の整備にも力を入れている。

村の拡張をはじめ、公園や東屋(あずまや)の設置など。水場を設けたり、銀猫族たちのために花壇なんかも作ったりしている。

次はハイエルフの農園。

ハイエルフの主な仕事はブドウ園、果樹園、セントウ園の管理と収穫した果物の加工。その他にも、エルダードワーフ数人と一緒に麦畑の管理や酒造りをしている。

これは最近知ったことだが、ハイエルフの女性がまた三十人ほど増えていた。果樹園の規模を広げたおかげで手が回らず、住人を募(つの)ったらしい。

これからはハイエルフの里だけでなく、ワーウルフ族の村とも交易が始まるからな。人手はいくらあってもいい。

彼女らは俺の許可を取らず住人を増やしたことを謝っていたが、怒るつもりなんてサラサラない。

続いて向かったのは、ミュディと魔犬族の少女たちの製糸場。

ここでは布製品を作っている。普段着る服や下着、シーツや毛布などだ。手が空いた人はオシャレな服や布製の小物を作り、ディミトリの館の商品と交換している。最近はライラちゃんも手伝い始めたそうだ。

噂では、ミュディがデザインした服やスカーフが、魔界都市ベルゼブブで流行しているのだとか。

ブラックモール族の仕事は村の外での鉱石採掘なので、通りかかった人に挨拶するだけ。

銀猫族も村中を回っているので、こちらも挨拶だけ。

ハイピクシーたちは散歩しているのか、村にいなかった。

次は、村の目玉である村民浴場を案内した。

「風呂、ですか？」

「うん。エルダードワーフ自慢の浴場だよ。毎日自由に入っていいから」

「お風呂……？」

首を傾げるアセナちゃんに声をかける。

「アセナちゃんはお風呂には入ったことある？」

「ありません。水浴びだけです」

「なら、今夜は初入浴だね。シルメリアさんに入り方を教わるといい」

「はい、わかりました」

帰ったら、シルメリアさんに伝えておくか。

まだアセナちゃんは村人に心を開いてないようだけど、少しずつ慣れてほしい。

さて、俺にとっての一番の目玉はここじゃない。

お次は図書館に案内しよう。

「これは塔、ですか？」

「おっきい」

図書館の外装を見て驚くフレキくんとアセナちゃん。

まぁ確かに、見た目は塔だよな。要塞にも見える。

「ま、中に入ればわかるさ。どうぞ」

二人を伴い館内へ。

そこには、壁一面が本棚になっている空間が広がっていた。うん、いつ見ても素晴らしい。そして落ち着く。

「す、すごい……これだけの蔵書、見たことないです‼」

「ふわぁ」

「ふふ、すごいだろう？　ここには薬草関係の本もたくさんあるから、フレキくんのいい勉強場所になると思う」

「おお……」

フレキくん、目をキラキラさせているよ。

図書館では、今日の仕事を終えた銀猫たちが私服で本を読んでいる。テーブルにはベルゼブブ産の飲み物、カーフィーの入ったカップが置いてある。

銀猫たちは俺を見て立ち上がろうとするが、手で制した。『ここを利用する者に上下関係はない。読者は平等であれ』をルールにしてある。

「おや村長」

「そして新しいワーウルフのお方」

「何か本をお探しですか」

「よろしければお望みの本を」

「「「探して参りましょう」」」

悪魔司書四姉妹が、抜群のコンビネーションでやってきた。

横一列に並び頭を下げる姿は、まるで分裂したかのようだ。

「お前たちも相変わらずだな……もしかしてワザとやってんのか？」

すると、ミュディが作った司書服を着たローレライもやってくる。

「あらアシュト、本をお探しかしら？」

「やあローレライ。今日はフレキくんとアセナちゃんの案内なんだ」

「そうなのね。ゆっくりしていって」

ローレライは、ミュディとは違うタイプの美少女だ。

ふんわりとした綿毛のようなミュディ、なめらかな絹みたいなローレライ、ってところか。いやいや、俺は何を考えている。

「す、すごい。これだけの本、ワーウルフの一生で読めるかどうか……改めて、ここに来たのは正解でした」

フレキくんは図書館に夢中のようだ。気に入ってくれて嬉しいね。

第六章　フレキの勉強

翌日。フレキくんと一緒に温室の手入れをしたあと。

今日から本格的に薬師としての指導をする。

場所を温室から診察室に移し、はじめにフレキくんにいろいろ質問することにした。ちょっとした面接みたいな感じだ。

「まず、フレキくんはどうして薬師になりたいの？」

「実はボク、ワーウルフ族の中でも弱い方で、狩りとか力仕事が苦手なんです」

ちょっと意外な話だ。

昨日見た人狼の姿は勇ましく、爪や牙も鋭かったのに。

「兄さんや姉さんはワーウルフ族の中でも特に強く、狩りでとても活躍していました。でもボクは、本を読んだり勉強したりするのが好きで……家族からは、あまりよく思われませんでした」

「………」

なんだろう。俺、とても共感できる。

「ワーウルフ族の村に本は少なかったんですが、薬草について書かれた本が一冊ありまして、ボクは毎日それを読んでいました。村の外には本に書いてある薬草が自生している。この目でそれを見てみたい、そう思っていた時……兄さんの一人が、狩りで大怪我をして帰ってきたんです」

「えっ……」

「ワーウルフ族は体力があり、怪我をしてもすぐに治ります。ですが、兄さんの怪我はワーウルフ族の回復力をもってしても治らないような酷いものでした。そこでボクは薬草の本を思い出して、怪我の治療に使える薬草を探し出し、見様見真似で調合して兄さんの手当てをしたんです」

「………」

「兄さんの怪我は無事に完治して、初めてボクは家族に感謝されました。そしてそのことを知った長老がボクに、薬師を目指してほしいと言ってきて……ようやくボクの存在が認められたと思いました」

「……なるほど」

「ですが、この間起きた疫病には、手も足も出ませんでした。ボク自身も病におかされて、命を諦めかけた。そんな時に師匠が現れ、ボクと村を救ってくれたんです」

フレキくんは目をゴシゴシ拭った。

俺は、フレキくんから目を離さなかった。

「そこで、ボクは決めたんです。この人から、アシュト師匠から学ぼうと。ワーウルフ族の薬師として一人前になれるまで、この人のそばで修業しようと」

「…………」

「以上です、師匠」

いや、もう何も言うことないわ。

この子はすでに、薬師としての心構えができている。技術さえ磨けば、立派な薬師となるだろう。

「わかった。ありがとう」

「は、はい」

「よし、さっそく仕事をしよう‼　まず、ここにある薬品を説明する。わからないことは俺に聞くように」

「はいっ‼」

俺はこの子を育てる。改めて決意した。

薬品棚の薬や、試験管と瓶に保存してある薬草を一つずつ説明していく。

フレキくんはメモを取りながら、知らない名前の薬草や薬があったらその都度質問してきた。

知識に貪欲なのはいい。萎縮して質問できないようだったら逆に注意していた。

「あ、火傷用の軟膏がなくなりそうだ。よしフレキくん、一緒に材料を採りに行こう」

「はい!!」

木製のボウルを持たせて外へ出る。

歩きながら、フレキくんに軟膏の材料がなんなのか考えるように言ってみた。

「火傷に効く薬草といえば……ええと、アルォエの葉ですか？」

「半分正解。アルォエだけでも火傷の軟膏になるけど、もう一工夫するんだ」

「ええと……火傷、火傷。う～ん」

「ふふ、わかるかな？」

フレキくんはブツブツ言いながらあれこれ考えている。こういう思考が大事なんだ。

それから十分ほど歩き、俺の個人農園に到着した。

農園には、何本かの太い木が植えてある。

俺はそのうちの一本に触れた。

「これこれ、この木だよ」

「この木、ですか？　この木の葉っぱが薬草？」

「残念。葉っぱじゃないんだ」

「え？」

俺はナイフを取り出し、木の幹を傷つけた。

ここまでして、フレキくんが気付く。

「そうか、樹液‼」

「正解。フレキくん、ボウルを」

「は、はいっ」

木の幹から、トロ～ッとした樹液が流れ出てくる。

薄茶色の蜜は粘度が強く、乾くとパリパリになる。これとアルォエの果肉と果汁、それと数種類の薬草を混ぜ合わせると、火傷に効果のある軟膏になるのだ。

「薬師が扱うのは薬草だけじゃない。大自然の恵み全てを薬にするんだ」

「…………」

「この木は再生力が強いから、幹を傷つけても数日で塞がる。とはいえ、樹液は木の血液だから、あまり多く採取しないようにね」

「はいっ‼」

樹液を採取し、農園の畑に生えているアルォエの葉も摘んでいく。

材料を手に入れ、俺たちは診察室へ戻ってきた。

調合はフレキくんにやってもらおう。

「この軟膏は、エルダードワーフたちが特に多く使う。彼らは鍛冶仕事が多いから、よく火傷するんだ」

「はい‼」

「じゃ、俺の言う通りに調合してみようか」

「わかりましたっ!!」

俺の指導のもと、フレキくんが軟膏を調合する。

ただ混ぜ合わせるだけじゃない。決められた手順と分量を守って混ぜる。

出来上がった軟膏をスライム製の小瓶に分けて入れ、フレキくんが初めて作った薬が完成した。

確認したが、ちゃんとした薬になっている。

「お疲れ様。これでばっちりだよ」

「……へへっ」

お、フレキくんが笑った。

うんうん。自分で材料を採取して作った薬だ。嬉しくないはずがない。

その時、診察室のドアがノックされ、鍛冶仕事をしているエルダードワーフのマギヌさんが入ってきた。

「おーう村長。ワリーがまた火傷の薬をくれねぇか。火傷でピリピリするとどーも手元が狂う」

「ちょうどよかった。今作ったのがありますよ」

「え、あ、あの」

フレキくんがワタワタしだした。

マギヌさんはフレキくんが作った火傷軟膏の小瓶を受け取る。

「おう、サンキューな。もらっていくぜ」

「あ、あの!!　その薬……師匠じゃなくて、ボクが初めて作ったものなので……」

フレキくんの言葉に対し、マギヌさんはケラケラ笑った。

「なんでぇオメー、自分の仕事に自信がねぇのかよ?」

「い、いえ、そういうわけでは……」

「だったら胸張れや。オメーの初めて作った薬を最初に試せるなんて、ワシはラッキーだな。がっはっは!!」

そう言って、マギヌさんは帰っていった。

小瓶を片手でポンポンしながら、とても楽しそうに。

フレキくんは、その後ろ姿をずっと見送っていた。

「さ、フレキくん。仕事はまだあるよ」

「はいっ!!」

うん。立派な薬師の顔じゃないか。


それから座学を行い、お昼の時間になった。

フレキくんは、アセナちゃんがご飯を作っているので家に帰るという。

キリがいいし、今日はこのまま上がりにした。家で復習をするもよし、図書館で勉強するもよし、アセナちゃんと遊ぶもよし。自由な時間があれば心身ともに楽だろう。

俺はシルメリアさんと二人で、卵と野菜と一緒に炒めたコメを食べていた。子供たちはエルミナの農園でお弁当、ミュディたちは職場の仲間と一緒に昼食を摂っていた。

　このコメ、炒めるとめっちゃパラパラになって美味しい。いくらでも食べられそうだ。

「ご主人様、フレキ様の様子はいかがです？」

「かなり勉強熱心かな。適度に息抜きを教えつつ学ばせるよ。シルメリアさんは、アセナちゃんのことをよろしくお願いしますね」

「かしこまりました」

　フレキくんか……なんか、弟ができたみたいだ。

第七章　アセナちゃんは半人前

　フレキくんとアセナちゃんが村に来て数日経った。

　フレキくんは俺のもとで勉強するだけでなく、自主的に図書館も利用するようになり、徐々に村に馴染みつつある。だが、問題は妹のアセナちゃんだった。

　今日はフレキくんへの指導はお休み。俺と植木人（ツリーマン）のウッドで村を回っていると、たまたまフレキくんの家を通りかかった。

「にゃあ、あそぼうよー」

「いえ、けっこうです。お掃除があるので」

「わぅん。じゃあお手伝いする。そのあといっしょにあそぼ」

「いいえ。家事が終わったら勉強のお時間なので、遠慮します」

「うにゃあ……」

「くぅん……」

洗濯物を干しているアセナちゃんと、その周りにミュアちゃんとライラちゃんがいた。

俺とウッドは顔を見合わせ、近付く。

「あ、ご主人さま」

「わぅぅ、お兄ちゃん」

「やぁ。三人ともどうしたの？」

『ケンカダメ、ケンカダメ!!』

ウッドがミュアちゃんとライラちゃんの周りをグルグル回る。

すると、洗濯物を干し終えたアセナちゃんが、足りない身長を補うために使っていた台から飛び降りて言った。

「ケンカではありません。こちらのお二人がわたしをしつこく遊びに誘うので、少し困っていたのです。アシュト様、申し訳ないのですがお二人を任せても？」

「あ、ああ。その、遊ばないのかい？」

「はい。わたしがこの村に来たのは、兄さんのお世話のためです。掃除に洗濯に炊事と、やることはたくさんあります。そちらのお二人は毎日遊んでいますが、何かお仕事でもなさったらどうですか？」

「うにゃっ!!　わたしだってお仕事してるもん!!　シルメリアのお手伝いしてるーっ!!」

「わたしも!!　シルメリアのお手伝いだってしてるし、魔犬のみんなの小物作りも手伝ってる!!」

あらら、ミュアちゃんとライラちゃんがおかんむりだ。

確かに、二人だって仕事はしている。シルメリアさんのお手伝いとして朝の食器洗いや洗濯をしているし、ミュアちゃんは料理の仕込みなんかもやっている。ライラちゃんは製糸工場で機織りを習い始めたしね。

「わぅぅぅっ!!」

「ふしゃーっ!!」

「なんですか……わたし、ワーウルフだから強いですよ」

威嚇しだすミュアちゃんとライラちゃんを、アセナちゃんが睨みつける。

「こらこら、ケンカはダメだよ」

『ケンカダメ、ケンカダメ!!』

俺はアセナちゃんを、ウッドはミュアちゃんたちをそれぞれ止めた。

アセナちゃんと目線を合わせ、俺は優しく言う。

「キミがこの村に来た理由はわかっている。でもね、フレキくんだって毎日勉強だけをしているわけじゃない。だからアセナちゃんも、子供らしくみんなと遊んでごらん。きっと楽しいよ？」

「……」

「ね？」

そう言って笑いかけてみたが、アセナちゃんは浮かない表情をしていた。

「……アシュト様もわたしを子供扱いするのですね」

「え……」

「わたしは半人前ですから……遊んでる場合じゃないんです。しっかり仕事をして、兄さんのために働いて、立派なワーウルフになるんです‼」

「あ、あの、アセナちゃん？」

「ワーウルフ族の村ではわたしを子供扱いする大人ばかりでした……この村でしっかり仕事をすれば、大人だと認めてもらえると思ったのに……アシュト様も結局、私を子供だと言うのですね」

「あ……いや」

ヤバい。アセナちゃんの触れてはいけない部分に触れてしまったかもしれない。

「……失礼します」

「あ、アセナちゃん……」

アセナちゃんは、家の中へ引っ込んだ。

俺たちは、その小さな背中を見送ることしかできなかった。

翌日。

フレキくんと一緒に温室の手入れをしている最中、俺はアセナちゃんのことを聞いてみた。

「確かに、アセナは半人前ではありますね」

「半人前も何も、まだ子供じゃないか」

「いいえ、年齢ではなく、ワーウルフとして半人前という意味です」

雑草を丁寧に摘みながら、フレキくんは答える。

温室の外では、ウッドとシロが追いかけっこしていた。そんな光景を見ながら、俺は黙って聞く。

「ワーウルフ族は人間と人狼の二つの姿を持ちます。ですが、この人狼の姿になるためには、ある程度の修業をしなければなりません」

ズモモモモッ……と、フレキくんは人狼の姿になった。

「生まれてから大体六～八年くらいで人狼の姿に変身することができるのですが……アセナは十歳になってもまだ中途半端な変身しかできなくて。村では年下の子からも子供扱いされていました」

シロがウッドに飛びかかり、畑の上をゴロゴロ転がる。

ウッドはユグドラシルに根を伸ばして脱出し、ブランコのように揺れて遊んでいた。

フレキくんはシロたちに目を向けながら、しみじみと言う。

「アセナがあんな大人びた口調なのも、早く一人前になりたいという表れでしょうね。ボクに付いてきたのも、村では子供扱いされて嫌だから、という理由が大きいと思います。ここではみんな個々に仕事をしていますから、大人も子供も関係ないと思っているのかもしれません」

「……」

シロがユグドラシルにぶら下がるウッドに飛びつき、大きく揺れる。

根を離したウッドは反動で、シロをくっつけたまま大きく飛んだ。

「師匠、ボクはアセナにのびのびと暮らしてほしいです。せっかく別種族の同年代の女の子がいるんですし、笑顔で遊んでくれたら……」

「……うん、そうだね」

大きく飛んでいくシロとウッドは、休憩小屋の壁際に置いてあった水瓶の中にダイブした。

ビシャビシャになったシロは身体を震わせ、ウッドは根を出して水分を吸収し、再び追いかけっこが始まる。

「フレキくん、アセナちゃんを笑わせてあげよう」

「……はい!!」

ウッドとシロの追いかけっこは、終わる気配がなかった。

翌日。俺はフレキくんの家にお邪魔していた。
正確には、家の裏庭。
俺の目の前で、アセナちゃんとフレキくんが向かい合っている。

「さ、アセナ。変身の修業だ」

「……いえ、自分でやります。兄さんは勉強を――」

「アセナ」

「……はい」

アセナちゃんはこちらをチラチラと見ている。どうやら俺が気になるようだ。

半人前の姿を見られたくない、ここからいなくなってほしい……そう考えているのだろう。

でも、俺は動かない。

「アセナ。恥ずかしがることはない。ボクだって、変身には難儀したさ。でも、諦めずに何度も修業を重ねて、ようやくワーウルフとして覚醒したんだ。ほら……」

フレキくんは、人狼の姿に変身した。

メガネをかけた人狼。ちょっと面白い。

「さ、アセナも」

「……はい。んっ……っがぅぅぅ～～～っ!!」

アセナちゃんはかけ声とともにぷるぷる震え……そして、ポポンッと、可愛らしいオオカミ耳とオオカミ尻尾が生えてきた。

このまま人狼へ……と思ったが、アセナちゃんは力むのをやめて肩で息をしている。どうやらこれで終わりみたいだ。

半人前という意味がわかった。これじゃ人狼と言うより獣人だ。

「うぅ……できない」

「大丈夫。繰り返せばいつか必ずできるさ」

「できなかったら？　こんな、中途半端な姿のままだったら……？」

「大丈夫だって」

「みんなにバカにされるわ、中途半端な人狼だって。こんな情けない姿……」

アセナちゃんが俯いた瞬間だった。

「にゃあっ⁉　オオカミだーーーーーっ‼」

「わおーんっ‼　アセナ、尻尾と耳があるーーーーーーっ‼」

「え……っ⁉」

突如としてミュアちゃんとライラちゃんが現れ、驚きの声を上げた。まぁ、俺がシルメリアさんにお願いして、このタイミングで連れてきてもらったんだけどね。

二人は一気に距離を詰め、アセナちゃんの前に。

「にゃあ、アセナかわいい‼」

「え……で、でも、こんな、人狼には見えない、半端な姿で……」

「わぅん、おそろいだよ‼」

「うん‼　ネコ耳、イヌ耳、オオカミ耳っ‼」

「ほらほら、ネコ尻尾、イヌ尻尾、オオカミ尻尾‼」

ミュアちゃんとライラちゃんは、自分の耳や尻尾をクイクイと引っ張る。昨日のケンカは気にしていないのか、とても楽しそうだ。

するとミュアちゃんは、持っていた袋をアセナちゃんに突き出す。

「にゃう、昨日はごめんね。これ、わたしたちが作ったの。一緒に食べよ？」

「……これは」

「わうん。ドーナツだよ。とってもおいしいの」

「……あの、本当にいいのですか？　わたしは、まだ半人前のワーウルフで……こんな情けない」

「うーん、よくわかんない!!　でも、アセナとは仲良くしたい、一緒に遊びたい!!　ねーライラ」

「うん!!　ねぇねぇアセナ、あっちでおやつ食べよ!!」

「……」

アセナちゃんは、また俯いてしまった。

急いで大人にならなくてもいい。まだ十歳だし、友達を作ることだって大事だ。友達と一緒に学ぶことは多い。このまま大きくなったら、きっと後悔する。

アセナちゃんは、申し訳なさそうにミュアちゃんたちをチラチラ見ていた。

昨日、二人に素っ気ない態度を取ったことを後悔しているのだろう。でも、こうして二人は気にせず遊びに誘ってくれる……その誘いを受けていいのか悩んでいるんだ。

この気持ちの変化を、兄のフレキくんはすぐに感じ取ったようで、優しく後押しする。

「アセナ、行っておいで」

「……はい」

「にゃあ、行こうアセナ。あっちにハイピクシーのみんなもいるの、一緒にドーナツ食べよっ」

「じゃあ行こーっ!!」

「はいっ」

三人は、仲良く行ってしまった。

俺やフレキくんのことなど、もう見えていないようだ。

「とりあえず、これでよかったかな？」

「ええ。アセナに友達ができました。気持ちに余裕ができるまで、子供らしく過ごしてくればいいなと思います」

「きっと大丈夫だよ。ミュアちゃんたちならさ」

「……はい」

子供たちと妖精のおやつタイム、きっと楽しくなるだろうな。

第八章　ワーウルフ族とシロ

数日後、フレキくんがこんなことを言った。

「あの、師匠……実はお願いが」

「ん？　どうしたの？」

「はい。その……実は、ワーウルフ族の村のことなんですけど」

「え、まさか何かあったの？」

「いいえ、そういうわけじゃあないんです」

なんだか煮え切らない様子のフレキくん。

お昼を過ぎ、今のところ診察室には怪我人も病人も来ていない。

火傷や打撲をしたドワーフたちや、飲みすぎで二日酔いになったハイエルフは午前中に来ることが多い。午後になった今、急患でも来ない限り暇なので、フレキくんの仕事は終わりだ。

今は診察室で自習しているが、今日は珍しく集中できていない感じがする。

すると、ミュアちゃんがティーカートを押して部屋に入ってきた。

「にゃう。お茶のおじかんです」

「お、ちょうどいい。フレキくん、話があるなら聞くよ」

「…………はい」

フレキくんは本を閉じ、羽ペンを置いた。

二人で応接用のソファに座り、ミュアちゃんがお茶とお菓子を用意するのを眺める。

「にゃあ……」

危なっかしい手つきはなくなり、慣れた風に紅茶の支度をするミュアちゃん。

たまにネコ耳と尻尾が揺れるのがとても可愛らしい。俺は一生懸命お茶を淹れようとするミュアちゃんを見るのが好きだった。

「にゃふぅ。ご主人さま、お茶がはいりましたー」

「ん、ありがとう」

「ありがとうございます」

俺とフレキくんは紅茶を啜る……美味い。

続いて、たぶんミュディが作ったクッキーを齧る。

香ばしくてサクサク、砂糖が多めに入っているのでとても甘い。いつもここで勉強しているのを知っているミュディが、脳の栄養補給にと甘めに作ってくれたのだろう……なんとも気が利く。

ミュアちゃんはクッキーを物欲しそうに眺めていた。

「……にゃあ」

「ミュアちゃん、おいで。美味しいよ」

「でもー……お仕事中だし」

「いいから、ほら」

「にゃうぅ」

ミュアちゃんは誘惑に負け、俺の隣に座ってクッキーを食べる。

頭を撫でると、ネコ耳がぴこぴこっと動いた……はぁ、可愛い。

「あの……師匠」

「おっとっと。そうだ、フレキくんの話があったね」

ミュアちゃんに和んでる場合じゃなかった。

フレキくんは紅茶を飲み干し、カップを置いて話を切り出す。

「実は、ワーウルフ族の村から手紙が来たんです」

「手紙？」

そういえば、フレキくんは家族宛に手紙を書いているんだっけ。交易品と一緒にセンティに運んでもらっているんだよな。

俺はフレキくんに尋ねる。

「フレキくんはいつも、どんなことを書いているの？」

「ボクとアセナの生活や、この村の様子や仕事の内容とかですね。そうしたら返事が来たんですけど……ワーウルフ族の長老からだったんです」

「え？　……長老から？」

「はい。その、フェンリル様のことを書いたら……ぜひ一度、村に連れてきてほしいと。なんでも、村民に会わせたいとかで」

「へ、へー……」

「後日、改めて師匠宛に手紙が届くと思います。その前にボクから伝えておこうと思いまして」

「な、なるほど……」

ワーウルフ族にとって、フェンリルは守護神だとか。まさかその神がこの村にいるなんて、フレキくんは思いもしなかっただろう。そりゃ手紙に書くわな。

でも、問題がある。

「でもさ、フェンリル……シロはまだ子供だよ？」

「神の年齢は関係ありません。フェンリル様という存在が重要なんです」

「そ、そっか……でも、シロねぇ」

シロはまだ子供で、狼というか犬みたいに尻尾を振って俺やウッドに飛びかかるほど無邪気だ。大きさも俺が抱っこできるくらい小さいしな。

「師匠。無茶なお願いで申し訳ありませんが……一度、シロ様を連れてワーウルフ族の村にお越しいただけないでしょうか」

「むぅ……」

俺は構わないけど、シロが縄張り……ユグドラシルのそばから離れてくれるのかな。

◇◇◇◇◇

フレキくんの話の二日後。本当にワーウルフ族の長老から手紙が来た。

内容はフレキくんの言った通りで、要約すると「ワーウルフの神であるフェンリル様を村民に会わせたい。どうか一度でもいいので、村においで願えないだろうか？」って感じだ。

俺としては別にいいんだけど。

「シロ、ワーウルフ族がお前に会いたいって言っているんだけど……」

『くぅん？』

よくわかってなさそうなんだよなぁ。

『シロ、アソブ、アソブ!!』

『きゃんきゃんっ』

ウッドと一緒にユグドラシルの周りをぐるぐる走る姿は、やっぱりワンコみたいだ。可愛いからいいけどね!!

俺はシロを足元に呼び寄せ、頭を撫でる。すると気持ちいいのか地面に転がりお腹を見せてきた。お腹をワシワシしてやると身体をくねらせ、もっとやれと言わんばかりに甘えた声を出す。

『きゅぅぅん……くるる』

「よしよし。まったく、本当にこいつがワーウルフの神なのかね……なぁシロ」

『わぅん』

「まあいいや。シロ、俺と一緒にワーウルフ族の村に行こうか」

『わんわん!!』

『シロ、アソビイクッテ。ウッドモイク!!』

シロの言葉がわかるらしいウッドがそう教えてくれた。

「お、そっか。まぁ遊びじゃないけどね……」

というわけで、シロとウッドを連れてワーウルフ族の村に行くことになった。

了承の返事を書いてセンティに託し、俺は家に戻ってワーウルフ族の村へ向かう準備をする。

自室で荷物を用意していると、家に遊びに来ていたエルミナが事情を聞いて騒ぎだした。

「私も連れてって!!　この間は行けなかったんだもん!!」

「えー……仕事は？」

「同族のメージュに任せる。ふふん、アシュトってば私がいないとダメなんだから、いいでしょ？」

「どういう意味だよ……まぁ、別にいいか」

「はいはーい!!　わたしも遊びに行きたい!!」

そして、いつの間にか部屋に入ってきていたクララベルが挙手。

「な、なんでクララベルまでここに？　いやそれより、遊びじゃ……」

「お願いっ」

「うわっ!?」

クララベルが俺の胸に飛び込んできた。

うぉぉ……女の子の匂いがする。

俺の胸に頭を押しつけ、グリグリしてくるクララベル。おいおい、胸が当たっているぞ。やわっこい。

「お兄ちゃん、だめ？　わたしお兄ちゃんと一緒がいい」

「う……わ、わかったよ」

クララベルの上目遣いがかなり強烈だった……か、可愛い。

シェリーとは違うタイプの甘えっ子だ。裏がないところが恐ろしい。こんな目でお願いされたらなんでもしちゃうよ。

「………アシュト、何デレデレしてんの？」

エルミナがジト目で言ってきた。

「は!?　し、してないし」

「ふんっ。ローレライとミュディとシェリーに言ってやるー。アシュトがクララベルに抱きつかれて鼻の下を伸ばしてたってねー」

「はぁ!?　おいやめろ!!」

なんとかエルミナを止めたが、今度は騒ぎを聞きつけたミュアちゃんが部屋に入ってきて、自分も行くと言いだしもう大変。

結局、ミュアちゃんも連れていくことになった……なんでみんな付いてきたがるのかね。

その日の夜。
エルミナとクララベルが夕食をうちで食べると言ったので、ついでにローレライも呼んでみんなで食べることになった。
その後、エルミナがシェリーとクララベルを風呂に連れていったので、俺は応接室でローレライとミュディとお茶を飲んでいた。
今日の出来事を話す（クララベルが抱きついたとかは省（はぶ）いた）と、ミュディがくすっと笑う。

「ふふ。アシュト、お兄ちゃんだねぇ」

「え？」

「クララベルちゃん、アシュトに甘えたいんだよ」

ミュディに続いて、ローレライも同じことを言う。

「そうね……あの子はもともと甘えん坊だったけど、最近はあなたに甘えてばかり」

「まぁ、俺にとってもクララベルは妹みたいなものだしな。シェリーとはタイプが全然違うけど」

「……アシュト。クララベルを可愛がるのはいいけれど……変なことはしちゃ駄目よ？」

「は、はい？　しし、しないっての」

抱きつかれたことを思い出して、なんか不自然に動揺してしまった。

俺はゴホンと咳払(せきばら)いして話題を変える。

「あー、二人もワーウルフ族の村に行くか？　エルミナとクララベルは一緒に行くってさ。シェリーにはまだ聞いてないけど」

「ん～……私はいいかな。お仕事あるし」

「私も遠慮するわ。整理しなきゃいけない蔵書が山のようにあるから」

二人とも忙しいらしい。シロを連れていくだけだし別にいいけど。

シェリーは……ま、聞かなくていいか。

そう考えていたら、ミュディが考えを読んだようにこう言った。

「シェリーちゃんは行くって言うんじゃないかな？」

「え、なんで？」

首を傾げると、今度はローレライが答える。

「クララベルが行くからよ」

「……？」

風呂から戻ってきたシェリーに聞くと、本当に「あたしも行く!!」と返答した。

次の日。準備ができたので、センティに乗ってワーウルフ族の村へ。

メンバーは俺、シェリー、エルミナ、クララベル、ミュアちゃん、シロ、ウッド。護衛としてバルギルドさんも呼んでいる。シロを連れていくだけなのに大所帯だ。

ちなみに、フレキくんとアセナちゃんは俺たちより前に村を出ている。

センティの身体に括り付けられている箱に、全員で乗り込む。

「お兄ちゃーん」

「お、おいクララベル」

「にゃあ。ご主人さまー」

クララベルとミュアちゃんが俺に引っ付いてきた。

それを見たシェリーがムッとする。

「ちょっとクララベル。お兄ちゃんから離れなさいよ」

「ふーんだ。シェリーには関係ないもーん」

「アシュト。そっち詰めてよ、狭い」

「おいエルミナ、お前もこっちに寄るなよ……」

『わぅぅん』

『セマイー』

箱は狭くてぎゅうぎゅうだった。

センティが首を伸ばし、俺たちを見る。

『大丈夫でっか？　……定員オーバー気味やねぇ』

「だ、大丈夫。ゆっくり出発してくれ」

『了解や!!』

センティが走りだした……あの、ゆっくりって言ったんですけど……速くね？

「ちょ、センティ速い!!」

『行きまっせーっ!!』

センティは無数に生えている足をシャカシャカ動かし、森の中を走る。

「ほぅ……速度が上がっているな」

『へへへっ、美味いモンいっぱい食べてるおかげでっせ!!』

バルギルドさん、センティの頭の上で感心している場合じゃないっすよ!?

俺とエルミナ以外のメンバーはとても楽しそうにはしゃいでいた。

「にゃあーっ!!　速いーっ!!」

「おお、速いわね。ちょっとクララベル、狭いんだから暴れないでよ」

「やっほー！　楽しいねお兄ちゃんっ!!」

「ひゃぁぁっ!?」

「うぉぉぉ!?」

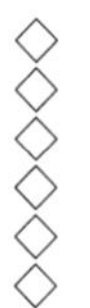

ようやく、ワーウルフ族の村に到着した。

「うっぷ……き、気持ち悪い」

「にゃあ。ご主人さま、大丈夫？」

「う、うん……」

無邪気に聞いてくるミュアちゃんに、なんとか頷いて答える。エルミナもグロッキー状態だった。

「藁の屋根ね。雨とか大丈夫なのかしら」

「わぁ、不思議な感じ。のんびりできそう！」

シェリーとクララベルは村のあちこちをキョロキョロ眺めている。建物が珍しいようだ。

すると、シロが俺の足元をグルグル回り始める。

「どうした？　腹減ったのか？」

『わんわん!!』

どうやらそうみたいだ。

とりあえず、ワーウルフ族の長老に挨拶したらご飯にしようと思っていたら……

「師匠、ししょーっ!!　お疲れ様でーすっ!!」

「あ、フレキくん」

フレキくんが手を振りながらやってきた。それと、その後ろには二人のワーウルフ……ヲルフさんとヴォルフさんの兄弟だ。

「お疲れ様です。アシュト村長」

「こんにちは。ほらシロ、ご挨拶」

『わう？』

「「おぉ……フェンリル様!!」」

ヲルフさんとヴォルフさんは人狼の姿に変身し、シロに向かって土下座した……フレキくんと同じ行動だな。

「お初にお目にかかります。ヲルフです」

「ヴォルフです。お会いできて光栄です！」

こんなに強そうな人狼が、子犬みたいなシロに頭を下げるとは。

二人は立ち上がり、俺たちにも頭を下げる。

「皆様。長老がお待ちです」

「どうぞこちらへ」

人狼形態のまま歩きだすヲルフさんとヴォルフさん。

フレキくんも変身し、俺たちの前を歩きだした。

「よ、よし。行くぞ」

「お兄ちゃん。緊張しすぎ」

シェリーに背中を叩かれつつ、村の中へ。

村はかつて疫病が蔓延(まんえん)していたとは思えないほど平和だった。

農具を抱えた中年男性に、ボールを蹴って遊ぶ子供たち。おばちゃんたちは井戸端会議をしており、果物を抱えた主婦っぽい女性もいた。

だが、俺たちとシロが登場した瞬間に、のどかな雰囲気は一変する。

老若男女(ろうにゃくなんにょ)問わず全員が動きを止め、人狼の姿になり土下座する……これが敬意を表す行動だということはわかっているものの、ちょっと異様な光景だ。

やがて長老の家に到着。中に入ると、人狼姿の長老が土下座で迎えてくれた。

「お越しいただきありがとうございます。アシュト様、フェンリル様」

「ど、どうも。ほらシロ、挨拶」

『わんわんっ』

シロが吠(ほ)えると、長老はますます低頭してしまう。

この低姿勢には慣れないけど……ワーウルフ族の神様が目の前にいるんじゃ仕方ないのか。

長老に促され、俺たちは床に置かれた座布団の上に座る。長老はシロのために、特に立派な座布団を用意していたが、シロは胡坐（あぐら）で座った俺の太ももの上で丸くなった。よしよしと撫でてやると気持ちよさそうに目を細める。

クララベルとミュアちゃんは、外の景色を見てウズウズしていた。

「二人とも、ウッドを連れて外で遊んできなよ。あとミュアちゃん、アセナちゃんがどこかにいるはずだから、遊びに誘ってみたら？」

「やった!!　ミュア、行こっ」

「にゃあ。アセナと遊ぶっ!!」

『アソブーッ!!』

三人は素早く出ていった。

シェリーがそれを見て呆（あき）れていたが、これくらいはいいだろう。もともと彼女たちが来たのはおまけだ。

長老は正座したまま、身体を俺の方に向け、口を開く。

「アシュト様。フェンリル様。どうか我らワーウルフ族のために、『神狼の遠吠え（フェンリスヴォルフ）』の祝福を」

「……ふぇんりす……なんですって？」

聞き慣れない単語に俺が首を傾げると、エルミナが説明してくれた。

「『神狼の遠吠え（フェンリスヴォルフ）』ってのは、神狼フェンリルがワーウルフ族のために行う遠吠えのことね。狼の祝福とも呼ばれていて、フェンリルの遠吠えを聞いたワーウルフ族には幸福が訪れると言うわ」

「エルミナ、詳しいね。あたし、初めて聞いた」

シェリーが感心したように言うと、案の定エルミナは胸を張る。

「ふふーん。ハイエルフの里にいるフェンリルから聞いたのよ」

「さすがエルミナ……村の最高齢なだけあって物知りだな」

「あ？」

「すみませんでした」

エルミナに本気で睨まれ、すぐさま頭を下げる。やばい、最高齢は禁句だった。

長老は頷き、補足する。

「我らの祖先はフェンリル様から祝福を受け、ここまで村が繁栄したと信じられています。実は、先の疫病の件で住人たちは不安になっているのです。村の危機がまた訪れないとも限りませんし……ぜひとも、フェンリル様の遠吠えで皆を勇気づけられたらと」

「なるほど……」

俺は撫でているうちに眠ってしまったシロを見る。

遠吠え……『わんわん』とか『きゃんきゃん』とかでいいのかな。

でも、勇気づけるというのは俺も賛成だ。ワーウルフたちは生きるか死ぬかの体験をしたばかり。

フェンリルという支えで頑張れるなら、協力したい。

「シロ」

シロを撫でながら話しかけると、薄く目を開ける。

『……わぅ？』

「頼む。お前の力が必要だ……手伝ってくれるか？」

シロは俺を見て尻尾を軽く振り……頷いて一声鳴いた。

『わん！』

「ありがとう。長老、ぜひ協力させてください」

「おお……!! では、さっそく支度にかかりたいのですが」

「俺たちに何かできることがあったら、手伝います。いいか、エルミナ、シェリー」

「もっちろん！　なんか面白そうじゃん！」

「あたしもいいわ。外で遊んでいるクラベルとミュアも拒否しないと思う」

「よし。じゃあ長老、準備に取りかかりましょう」

こうして、シロによる『神狼の遠吠え（フェンリスヴォルフ）』の儀式を行うための準備を、手伝うことになった。

俺は口に出さずにいられなかった。
「………いや、なんで？」
「お兄ちゃん、もう諦めなよ」

「えへへ。なんか楽しいね！」

「にゃあ」

「んー、森はいいわねー」

「…………ふむ、臭（にお）うな」

俺、シェリー、クララベル、ミュアちゃん、エルミナ、バルギルドさんは、ヲルフさんとヴォルフさんが引き連れる屈強なワーウルフたちと一緒に、村近くの森に入っていた。ちなみにウッドはシロと一緒に村でお留守番だ。

なぜ森に入っているのかと言うと、フェンリルへの供物（くもつ）を狩るためである。

そして、俺たちが一緒にいる理由は……狩りの手伝いをするため。いやいや、手伝うとは言ったけど俺は狩りとかできないし!!

バルギルドさんは村一番の狩人（かりうど）であるヴォルフさんの横に並び、話しかける。

「何を狩る？」

「……マンティコアだ」

「……ほぅ」

いやいや、あんたら何ニヤッとしてんのよ。

図書館の図鑑で読んだことがあるけど、マンティコアって超巨大な虎だぞ。キングシープとか丸呑（の）みできる大きさって書いてあった。

ヴォルフさんはニヤリと笑い、バルギルドさんに言う。

「神狼フェンリル様に捧げる供物だ。儀式に相応しい獲物を狩るのは必須」

「……楽しめそうだな」

駄目だこりゃ。

バルギルドさんに任せて、俺たちは隠れているしかないな。と思ったら……

「ふん。久し振りに実戦ね……あたしだって、村に来てから遊んでいたわけじゃないし。強化した『氷』の魔法、見せてやる」

「わたしも頑張る！　パパみたいにぼわーっとやっちゃうよ！」

「ミュア、私たちは応援よ！」

「にゃう。エルミナと応援！」

こっちもやる気かよ……エルミナとミュアちゃんは違うけど。

まぁ、ヲルフさんとヴォルフさん、バルギルドさんに屈強なワーウルフたちもいるし、なんとかなるか。

「あ、あの～……俺にも何かできることがあれば」

一応、控えめに言っておく。

すると、ヲルフさんとヴォルフさんが振り返り俺を見た。

「アシュト様には我らの補助と援護をお願いいたします」

「アシュト様にお任せすれば狩りは一瞬で終わってしまうでしょう。それでは、我らワーウルフの立つ瀬がない……なので、前衛は我らにお任せを」

「「「「お任せを!!」」」」

屈強な人狼衆も声を揃えて言った。

いや、俺の評価どんだけ高いのよ。前衛に立つつもりなんて欠片もないんですけど。

まあ、補助と援護ならなんとかなるか。

そう考えつつ、俺は『緑龍の知識書』を開く。

＊＊＊＊＊＊＊＊＊＊＊＊＊＊＊＊＊＊＊＊＊＊＊＊＊＊＊

『植物魔法・補助』

○強化の蔦

身体に巻いてパワーアップ!

身体を補強してくれる蔦ちゃん♪

かなり頑丈だから防御力もアップ。ふふ、ムッキムキ!

＊＊＊＊＊＊＊＊＊＊＊＊＊＊＊＊＊＊＊＊＊＊＊＊＊＊＊

なるほど。身体を強化する魔法はたくさん知っているけど、蔦を巻きつけて強化するというのは初めて見た。

補助はこれでいい。あとは……援護か。

＊＊

「植物魔法・援護」

○搦め捕る荊(サイクロンローズ)

これを設置すればさぁ大変！

トゲトゲの荊(いばら)が獲物の身体を拘束しちゃいます。

あいたた……うう、考えただけで痛い♪

＊＊

なるほど……これも使えそうだ。

マンティコアは動きも速いって図鑑で読んだし、拘束の魔法ならいい援護になる。

よし、この二つでいこう。

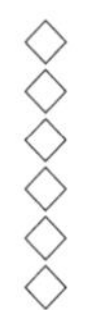

しばらく森を進むと、木々がどんどん高くなってきた。おかげで日の光が差さず、周囲は夜みたいに暗くなっていく。

そんな中、意外な子が声を上げた。

「にゃあ。まって」

「ん、どうしたのミュアちゃん」

ミュアちゃんが、俺たちを止めたのだ。

トイレかな？　と思ったが……ミュアちゃんは尻尾をゆらゆらさせながら言う。

「あのね、この先におっきいのがいる」

「え」

「にゃう……えーと、まっすぐ行ったところにいるー」

全員が首を傾げたが、ヲルフさんとヴォルフさん、バルギルドさんは疑わなかった。

「兄貴、オレが偵察に行く」

「ああ、気を付けろ」

ヲルフさんは人狼の姿になると、一瞬でその場から消えた……いや、目にも留まらぬ速さで木と木を蹴って移動しているのだ。

それから五分もしないうちに、ヲルフさんが戻ってきた。

「兄貴、マンティコアがいた……その子の言う通りだった」

「本当か……」

「ああ。それもデカい。今まで見たことがない大きさだ……正直、この人数では厳しい」

ヲルフさんは悔しそうに言うが、バルギルドさんは躊躇わなかった。

「安心しろ。オレと村長が付いている。ヴォルフ、この周辺の地形はわかるか？」

「あ、ああ。地図はある」

「見せろ。ミュア、お前はマンティコアの動きをそのまま感知していろ。できるか？」

「にゃあ。できる」

「……お前の危険察知能力には驚いたぞ」

そう言って、バルギルドさんはミュアちゃんの頭を軽く撫でた。

それからバルギルドさんは地図を見てヴォルフさんに質問する。そして、シェリーとクララベルにもいくつか質問をし、作戦を立てて俺に確認してきた。

その作戦は、ここにいる全員の力なくしては遂行できないものだった。

「……少々、危険が付きまとう。お前たち、やれるか？」

バルギルドさんはシェリーとクララベルに確認する。

「当然。私はこう見えて元軍人よ、危険なんて慣れっこだし」

「美味しいお肉のためなら、わたしだって頑張るもん！」

シェリーはともかく、クララベルの動機はいかがなものか。

俺の役目は、最初から言っている通り補助と援護だ。これらは問題ない。

「よし……では、始めようか」

バルギルドさんをリーダーにした、マンティコア狩り作戦が始まった。

マンティコア。

全身の皮膚（ひふ）が真っ赤に染まり、ムカデのような尾（お）を持つ虎の魔獣だ。

大きさは全長二十メートル、高さは三メートル以上あるバケモノで、このオーベルシュタインでもかなり強力かつ凶悪な部類に入る。

マンティコアの知能は低い。生活サイクルは餌（えさ）を求めて歩き回り、獲物を見つけたら狩って喰らい、腹が膨れたら寝るの繰り返し。今は昼寝から目覚めて、新たな餌探しの真っ最中だ。

そんなマンティコアの正面に、見たことのない餌が現れた。

「デカいわね……」

『シェリー、守ってよ‼』

「はいはい。さぁ、狩りの始まりよ‼」

純白のドラゴンと、その背に乗る人間だった。

ドラゴンの正体はクララベルの変身した姿で、彼女に乗っている人間はシェリーなのだが、それをマンティコアは知る由（よし）もない。

マンティコアの口からヨダレがボトボト落ちる。見たことのない餌に食欲が刺激されているのだ。

『ゴルルァァァァァァッ‼』

マンティコアが吠えて大きな口を開けた瞬間、シェリーの杖から氷の塊（かたまり）が飛ぶ。

「飛べ、『氷塊（アイスブロック）』‼」

直径一メートルほどの氷塊（アイスブロック）が、マンティコアの口内に激突。

だが、マンティコアに大したダメージはない。口の中に入ってきた氷の塊をゴリゴリ噛み砕く。

ダメージはないが……怒りはあった。

「クララベル、行くわよ‼」

『うん‼』

マンティコアが怒りに任せて突進しようとした瞬間、クララベルは翼を広げて飛んだ……そう、逃げだしたのである。

マンティコアは迷わず追う。怒りもあったが、それ以上に食欲があった。

クララベルは、木と木の隙間を縫うように飛ぶ。

『追いかけっこなら負けないしー‼』

『ゴルルァァァァァッ‼』

「予定の場所までもう少し……クララベル、そっちよ‼」

『うん‼』

マンティコアを目標のポイントまで誘導し、クララベルは高く飛んだ。

次の瞬間、マンティコアの頭上から何人もの人狼が飛びかかってきた。彼らはクララベルが誘い込んだ場所のそばにある樹に身を隠していたのである。

「全員、攻撃ぃぃぃぃぃぃぃっ‼」

「「「「ガルアァァァァァァッ‼」」」」

ヴォルフの合図に、ヲルフを含めた人狼たちが狼の唸りを上げる。

人狼たちの身体には、幾重（いくえ）にも蔦が巻かれていた。

これはアシュトの補助魔法『強化の蔦（マイティ・チェイン）』だ。全身に巻きついた蔦は人狼たちの動きを補助し、筋力や防御力を強化してくれる。

『ゴルァァァァァッ‼　ゴルルルルッ‼』

マンティコアは激しく抵抗したが、人狼たちは牙で喰らいつき、身体を爪で引き裂く。

たまらずマンティコアがその場から逃れるべく跳躍しようとした瞬間、四本の足に痛みが走る。

『⁉』

棘（とげ）の付いた蔦が何重にも絡みついていたのだ。

これもアシュトの魔法、『搦め捕る荊（サイクロンローズ）』だ。

身動きのできなくなったマンティコアの前に、一人の男がゆっくりと現れる。

「運が悪かったな。今回は狩りということで集団戦に持ち込んだが……機会があれば一対一で戦いたいものだ。ふふ、ディアムドにも教えてやらねばな」

バルギルドが両手をゴキゴキ鳴らす。

「心配するな。トドメを刺すのはオレではない……ではな」

バルギルドは拳を握って跳躍し、マンティコアの顔面を思いきり殴り飛ばした。

『搦め捕る荊（サイクロンローズ）』がブチブチと千切れ、マンティコアは吹っ飛び樹に激突。そのまま動かなくなった。

「ヴォルフ、ヲルフ、トドメは任せる」

「お、おお……」

「わ、わかりました……すごい」

ヴォルフとヲルフは、バルギルドの力に驚きつつマンティコアに近寄って息の根を止める。

そして、近くの木陰からひょっこりと姿を現す三つの影。

「お、終わったみたいだな……バルギルドさん、相変わらずすげぇ」

「よ、容赦ないわね……」

「にゃあ」

アシュト、エルミナ、ミュアは、ホッと息を吐いた。

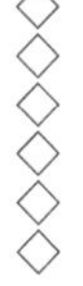

俺たちはマンティコアの死体を持ってワーウルフ族の村に戻った。ちなみに、マンティコアはバルギルドさんが一人で担いでいました。

村の中央には祭壇みたいなものが設置され、地面には藁が敷かれている。

マンティコアの解体をするためバルギルドさんたちは村の外へ。

クララベルとシェリーは水を、エルミナとミュアちゃんはおやつをもらいに行ったので、今は俺一人だ。

「あ、師匠！」

『アシュト！』

フレキくんとウッドがやってきた。

「いやぁすごいですね!!　まさかマンティコアを倒すなんて」

「いや、俺じゃなくてワーウルフたちがすごいんだよ。いやはや、狩りってすごいね……ところで、シロは？」

「えっと、長老の家でお昼寝しています。ボクはウッドさんと一緒に儀式の準備を手伝っていました」

「なるほど。儀式は夜からだっけ？」

「はい。師匠、それまでゆっくりお休みください。長老の家を自由に使っていいそうなので」

「ありがとう。ちょっとシロのところに行ってくるよ……ウッド、お前は？」

『オテツダイ！』

「そっか。じゃあフレキくん、ウッドをよろしく」

「はい!!」

長老の家に行くと、座布団の上で寝ていたシロが起きて俺に飛びかかってきた。

『きゃぅぅん……』

「よしよし。ただいま、シロ」

家には誰もいない。たぶん、儀式の準備をしているんだろう。

俺はシロを抱っこして撫でた。

「シロ、でっかい肉を狩ってきたぞ。儀式が終わったら食べような」

『わん!!』

「それと、ワーウルフたちのために遠吠えしてくれよ?」

『わぅん!!』

シロは『任せろ』と言わんばかりに吠えた。

夜になり、マンティコアの解体が終わった。

骨や牙が祭壇に供えられ、轟々（ごうごう）と燃える松明（たいまつ）と櫓の炎がワーウルフ族の村を照らす。

見上げれば雲一つない星空で、満月も輝いていた。

俺、シェリー、クララベル、エルミナ、ミュアちゃん、ウッドは、儀式の邪魔にならないように、広場の隅で見守っている。バルギルドさんも少し離れた場所に立っていた。

ワーウルフ族の村人は、幼い子供やアセナちゃんを除いて人狼に変身していた。

すると、全員が一斉に祭壇へ向かってひれ伏した。

ああ、なるほど……広場に藁を敷いたのは土下座のためか。

そして長老が顔を上げ、万歳（ばんざい）して叫ぶ。

「我らが神、大いなる神狼フェンリルよ!!　我らに狼の祝福を!!」

その叫びに応（こた）えるように、シロがどこからともなく飛び出してきた。

祭壇まで走り、ワーウルフたちを見下ろし――

『ウォオオオォ――ンン……』

とても澄んだ声で吠えた。

いつも『わんわん』とか『きゃんきゃん』としか鳴かないのに、こんなにも立派な遠吠えをするとは思わなかった。

ワーウルフたちは平伏し、満月に照らされるシロを崇めている。

シロも、いつもの子犬みたいな姿ではなく、狼のように凛とした佇まい……に見える。

「すごいわね……シロ、すごく立派なフェンリルみたい」

エルミナがポツリと呟く。フェンリルのことをよく知っているエルミナだからこその言葉だろう。

「なんか……かっこいい」

「すごい……」

クララベルとシェリーは、儀式の様子に感嘆していた。

ウッドとミュアちゃんは言葉なく見守っている。

こうしてワーウルフ族にフェンリルの祝福がもたらされ、儀式は終わった。

儀式終了後は宴会の時間。マンティコアの肉が振る舞われ、コメ料理もたくさん並ぶ。

バルギルドさんはヲルフさんとヴォルフさんに酒盛りに誘われ、シェリーたちは料理を楽しみつつ同世代のワーウルフ少女たちと話をしている。

俺は戻ってきたシロを撫でながら、ウッドとフレキくんと一緒に宴会の席に座っていた。

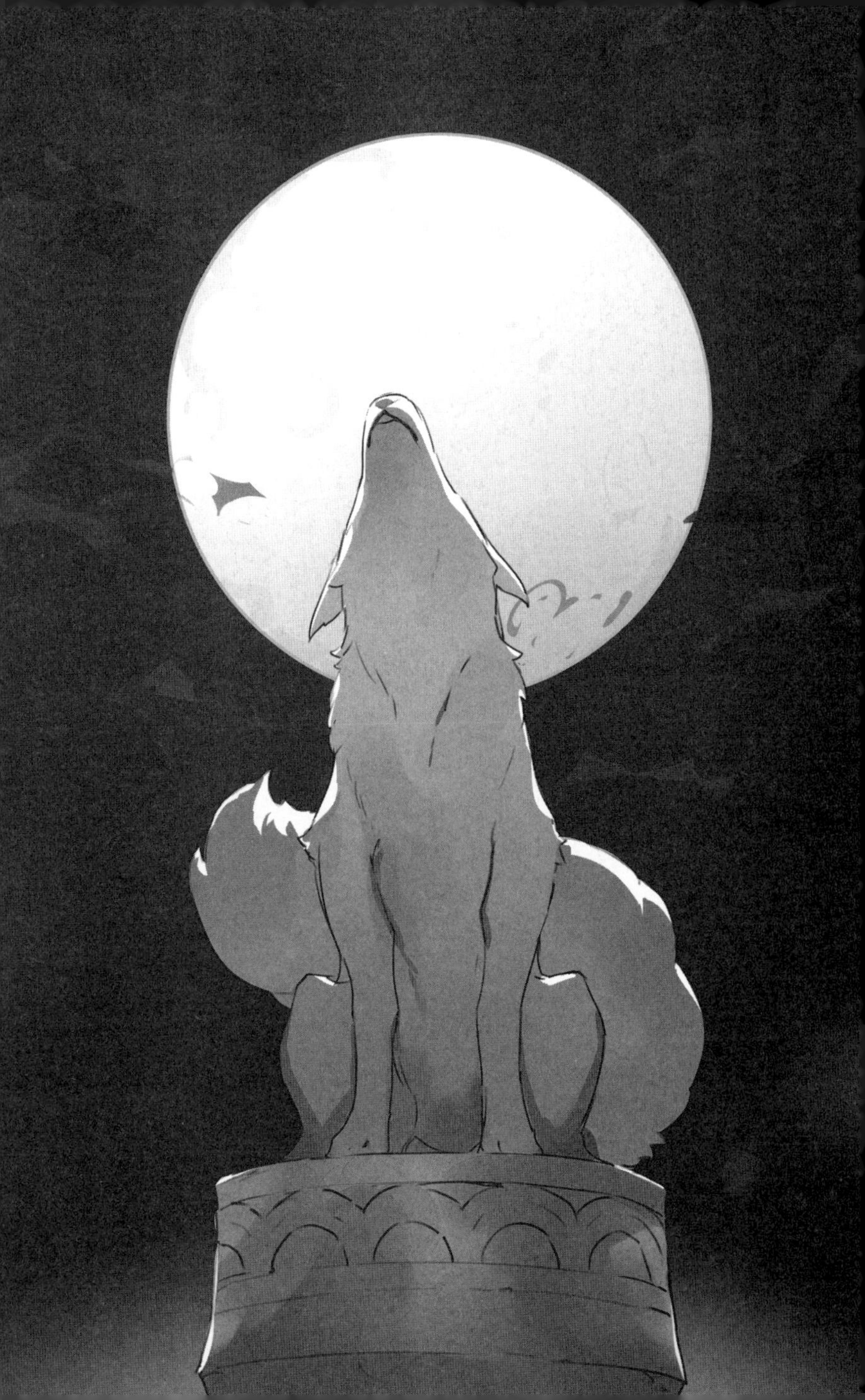

「シロ、お疲れ様」

『わぅん』

「ボク、感動しちゃいました……くぅぅ、フェンリル様の祝福で強くなった気がします!!」

『シロ、スゴイ、カッコイイ!!』

シロは得意げに尻尾を振り、マンティコアの肉が欲しいとねだり始めた。

「よし。腹も減ったし、みんなでご飯を食べようか」

俺たちは宴会を夜通し楽しみ、翌朝迎えに来たセンティに乗って村に帰ったのだった。

第九章　ノーマちゃんのお菓子作り

数日後、診察室で読書していると、ノーマちゃんが一人で遊びに来た。

「やっほー村長、遊びに来たよー」

「ああ、いらっしゃいノーマちゃん」

ノーマちゃんは最近、俺のことを「先生」から「村長」と呼ぶようになったんだよな。

自宅の一室にある診察室は、外から直接出入りできるようにドアを設置している。

もともと、普通の家の部屋を改造しただけなので、そんなに広くはない。俺の医院を新たに建築するなんて話もあったが、とりあえず村の開拓優先で、と言って断った。でも、そろそろ建ててもらってもいい気がしている。

「一人で来るのは珍しいね。ちょっと待ってて」

俺は読んでいた本を閉じ、シルメリアさんにお茶を頼む。

ノーマちゃんは診察台に座り、足をパタパタさせた。

「あのさ、ちょっと村長に相談があるの」

「相談？」

「失礼します。お茶をお持ちしました」

その時、シルメリアさんがティーカートを押して診察室に来た。

ノーマちゃんはシルメリアさんに挨拶してから、話を続ける。

「実は、その……キリンジのこと、なんだけど」

「キリンジくん？　キリンジくんがどうかしたのかい？」

「う、うん。その、実はあたし、あいつに助けられたの」

「え、ノーマちゃんが？」

「うん。狩りの最中にちょーっと油断して、魔獣に背後を取られたの。ヤバッと思った瞬間にキリンジがあたしと魔獣の間に割って入って」

ノーマちゃんが話している間、カチャカチャとティーセットの音が鳴る。

フワリといい香りが漂い、シルメリアさん特製のアップルティーとアップルパイが出された。

話の途中だが、出来立てホヤホヤのアップルパイは俺もノーマちゃんも無視できない。

「うん、さすがシルメリアさん。美味しいねノーマちゃん」

「うん‼　やっぱ、すっごく美味しい‼」

「ありがとうございます」

しばしティータイムを楽しみ、ノーマちゃんは話を再開した。

「それでね、キリンジは気にしてないみたいだけど、あたしはその……助けてもらったわけだし、お礼の一つでも言おうかなぁって。でもその、ただお礼を言うだけじゃなぁと」

「なるほど。それで、どうすればいいか俺に相談しようと思ったわけね」

「うん。お父さんやお母さんに相談するのは恥ずかしいし、弟のシンハは論外。やっぱり、村で一番お世話になってる村長かなって」

「う～ん」

乙女（おとめ）だなぁ……なんて思ってしまう。

要は、同い年の男の子に気持ちを伝えるのが恥ずかしいんだ。

普段は喧嘩（けんか）することも多いから、なおのこと照れくさいのだろう。いや喧嘩といっても、冷静沈着なキリンジくんに元気のいいノーマちゃんが突っかかる感じだけど。

「では、手料理を振る舞うというのはどうでしょう？」

「「え？」」

すると、シルメリアさんから思わぬ提案が。

振り向くと、彼女の手にはいつの間にか本があった。

「この本では、素直になれない少女が自分の想いを告げるために、料理を作って意中の少年に振る舞っています。慣れない調理で傷だらけになった少女の手を見た少年は、健気な彼女に心打たれ、互いに想いを深め合っていく」

「ちょ、ちょーっと待ったシルメリアさん。その本は何？」

俺はシルメリアさんを止め、本のタイトルを読む。

「なになに、『エルフ学園ラブディスティニー』……何これ」

「恋愛小説です」

「は、はぁ」

ハイエルフの長、ギーグベッグさんの本だった。というかあの爺さん、ジャンルの幅広すぎだろ。

「なるほど、手料理……って、あたし別にキリンジを好きとかそんなんじゃないし!! た、ただお礼したいだけだしっ!!」

ワタワタ手を振るノーマちゃん。まぁ今の流れじゃそう捉えるよな。

でも、ちょっと思いついた。

「料理っていうのはいいんじゃないか？　エイラちゃんやシンハくんも交ぜて、みんなにノーマちゃんが作ったおやつを食べてもらうんだよ。その時に『そういえばキリンジ、あの時助けてくれてありがとね』と、さりげなーく言うのはどう？」

「……いいかも」

「うん。結果としてお菓子がお礼になっているし、一対一で向かい合うよりも楽じゃない？」

「うん!!　よーし、シルメリアさん、簡単なお菓子作り教えて!!」

「はい。お任せください」

こうして、ノーマちゃんのお菓子作りが始まった。

俺の役目はここまで。というか何もしていないけど。

キッチンから漏れてくるノーマちゃんの声を聞きながら、読書を再開する。

『えっと、砂糖を入れるのね!!』

『はい。大匙(おおさじ)いっぱ……多すぎです!!　それでは入れすぎです!!』

『でも、甘い方が美味しいじゃん？』

『限度を考えてください!!』

『はーい。じゃあ入れすぎた分は塩で調節して、と』

『塩はダメです!!』

うーん、なんか楽しそう。シルメリアさんの叫びも聞こえるけど。

読書を続け、物語の章を三つほど読み終えた頃、キッチンからノーマちゃんが戻ってきた。

「村長、見て見て!!」

「ん、完成したのかい？」

「なんとかね。ほらほら村長、味見してよ、味見」

「う、うん」

ノーマちゃんが差し出した皿には、薄茶色の歪な形のクッキーがこんもりと盛られていた。

一枚つまみ、少し緊張しながら口に放り込む。

「……ん、美味い」

「ほんと!?」

「うん。ちょっと硬いけど、甘さもちょうどいいね。美味しいよ」

「やたっ!! じゃあさっそく食べさせてくるーっ!!」

ノーマちゃんは、皿を持ったまま出ていった。

行動が早すぎる。

すると、シルメリアさんが疲れた顔で戻ってきた。

「お疲れ様、シルメリアさん」

「ご主人様。なんとか、上手に作らせることに成功しました」

「ははは……大変そうでしたね」

「ええ。ノーマさん、少し目を離すと生地にいろいろ入れてしまうので」

シルメリアさんを労い、窓の外を見た。

天気もいいし、散歩がてらノーマちゃんの様子を見てくるかな。

解体場へ向かうと、笑い声が聞こえてきたので、物陰に隠れてこっそり観察する。

デーモンオーガの両家と魔犬族の男性たちが休憩用の椅子に座って、テーブルの上に置いてあるノーマちゃんが作ったクッキーを笑顔で食べていた。

ノーマちゃんは照れ笑いしつつ、キリンジくんに尋ねる。

「ど、どう？　キリンジ」

「うん、硬い」

「んなっ!?　そ、村長と同じことを」

「でも、美味いよ」

「へ？」

「ありがとう、ノーマ」

「そ、そっか」

キリンジくんはノーマちゃんをまっすぐ見てしっかりお礼を言った。やはりキリンジくんはできた子だ。

ノーマちゃんは、モジモジと落ち着かなそうだ。

「ところで、なんで急にクッキーを？」

「べ、別に理由なんてないわよ!! なんとなくだから!!」

あらら。ノーマちゃん、キリンジくんに感謝の気持ちを伝えそびれちゃった。

その横で、シンハくんはクッキーをポリポリ齧りながら言う。

「それにしても、ねーちゃんが料理とはねぇ。あ、ねーちゃんねーちゃん、今度はアップルパイ作ってくれよ!!」

「アップルパイ……よし、やってやるわ!!」

「わーい!! おねーたんのアップルパイー!!」

ノーマちゃんの言葉にエイラちゃんは大喜びだ。

こりゃ、ノーマちゃんがキリンジくんに素直になれるのは当分先かな。

第十章　ローレライと読書

カーフィー。

それは悪魔族に伝わる飲み物で、夜のように黒い色と、闇のように苦い味が特徴だ。

そのまま飲んで苦みを楽しむのもいいし、砂糖とミルクを加えて飲むのもいい。

悪魔商人のディミトリ曰く、昔は薬として飲まれていたらしい。だが、いつの間にか嗜好品として流行りだしたそうだ。

カーフィーの原材料は同名の植物から収穫できる豆だ。デヴィル族のカーフィー豆農家は、カーフィーの風味や味を変えるために様々な栽培方法を模索しているのだとか。

村唯一の商店、通称『ディミトリの館』でも、様々な種類の豆を棚(たな)に陳列している。特に銀猫族に好評で、売れ筋商品の一つだそう。

とある日の昼下がり、俺は図書館で読書しながらミルクだけを加えたカーフィーを啜る。

うん、やっぱり美味い。苦みを残しつつミルクのまろやかさが口に広がる。

「……ふぅ」

「……」

カップをテーブルに戻し、チラリと前の席を見る。

そこには、柔らかな金髪を揺らしながらカップを口元で傾ける少女、ローレライがいた。

シンプルなシャツとスカートという姿で、真剣に読書をしている。

そう、今日は休日のローレライと一緒に読書を楽しんでいた。

会話は特にない。そりゃ読書だしな。

でも、それでいい。

本をめくる手を止め、カーフィーを飲みつつローレライを観察する。

揺れる金髪、ページをめくる手、たまに緩む口元、カーフィーを啜る口。一つ一つの動作が、絵になる美しさである。

「……何かしら、アシュト?」

顔を上げ、不思議そうに首を傾けるローレライ。

「あ、いや……なんでもない」

おっと、ずっと見ていたのがバレた。

俺はごまかすように、すでに飲み干したカーフィーのカップを手に取った。

「お代わり、いるか？」

「ええ、お願いするわ」

ローレライのカップを受け取り、ドリンクカウンターへ向かう。

カウンターに立つ銀猫族の子に話しかける。

「カーフィー二つ、よろしく」

「はい、ご主人様」

黒い豆を専用の道具に入れて砕き、お湯に溶かすとカーフィーになる。この豆を村でも作れないかと思ったが、ディミトリが『企業秘密です』と言って教えてくれなかった。まぁそうだよね。

新しい二つのカップにカーフィーが注がれ、受け取った。

席に戻り、湯気の出ているカーフィーをローレライに渡す。

「ありがとう、アシュト」

「ん」

それだけで会話は終わり、再び読書へ。

ページをめくる音だけが図書館内に響く。

こんな穏(おだ)やかな時間が、俺はとても好きだった。

「あ、師匠、司書長!!」

そんな時、本を抱えたフレキくんが図書館に入ってきた。

「おお、フレキくん。本を返しに来たのかい？」

「はい。いやぁ、ここにある本はどれも勉強になります。ボクの知らない薬学の本がいっぱいで、何年かかってでも読破したいですよ!!」

「あはは、勉強もいいけど、たまには違うジャンルの本を読んでみたらどうだい？」

「違うジャンル……ですか？」

「うん。これだけあるんだ。きっとフレキくんが読みたくなる本があるよ」

「……なるほど」

壁一面の本棚を見渡すフレキくん。

するといきなり、フレキくんの背後に悪魔司書四姉妹がズラァッ!!　っと現れた。

「本をお探しでしょうか」

「それなら、オススメがあります」

「フレキ様に合った本を」

「我々が、見繕(みつくろ)って差し上げましょう」

「「「「どうぞこちらへ」」」」

「あ、ええと、あの」

フレキくんは悪魔司書四姉妹に囲まれた……すまん、もしかして俺のせい？

ちなみに、読書に熱中しているローレライは、まったく気が付いていなかった。

俺も読書再開……悪魔司書四姉妹に連れていかれたフレキくんは忘れることにする。

「…………」

「…………」

現在、俺が読んでるのは、銀猫族のオードリーに勧められた恋愛小説だ。

著者はギーグベッグさんなのだが……あの爺さん、実体験なのか生々しい表現が多い。

運命によって一度は離れ離れになったエルフの恋人同士が数年ぶりに再会し、ベッドの上でお互いの変わらない愛を確かめ合う……って、これ子供が読んじゃマズいだろ‼

「……こういう小説は閲覧制限するべきだな」

「ん？　どうしたのかしら？」

「あ、いや、ちょっと過激な表現が……」

「過激？」

「ええと……」

ローレライに見せていいのだろうか。下手したら嫌われないか？

「見せて」

「あ」

しまった。本を取られた‼

ローレライの目が素早く文章を追い……顔が赤くなった。

そして本を閉じ、俺をジッと睨む。

「……アシュト」

「な、なんでしょうか」

「こういう本は、まだ読んじゃダメよ。ちゃんと大人になってから読みなさい」

「ご、ごめんなさい」

大人……大人か。

俺はひょんなことから寿命がとんでもなく延びた。シエラ様はハイヒューマンに進化したと言っていたっけ。

そんな今、大人って何歳からになるんだろう。

長寿種族のエルミナが言うには、数千、数万年は外見に変化が現れないらしいけど。

考え事をしていたら、ローレライがボソッと呟く。

「そ、それともアシュト……こういうこと、興味あるの？」

「……は？」

「な、なんでもない!!　それより、そろそろ出ましょう。外が暗くなってきたわ」

「あ、ホントだ」

窓の外は、深いオレンジ色になっていた。

読書って、集中すると時間を忘れるよな。

俺とローレライはカーフィーカップを返却し、図書館をあとにした。フレキくんはまだ四姉妹に取り囲まれているのが帰り際に見えたが……うん、気にしないでおこう。

帰り道、ローレライが言った。

「ねぇアシュト。アシュトは結婚とか考えている？」

「……う～ん、今は考えてないよ。ほぼ不老不死になったし、のんびり過ごしながら村のために働こうと思う」

「そう……」

ローレライやクララベルにも、俺がハイヒューマンになったことは以前に話してある。

龍人（ドラゴニュート）も長寿種族なので、二人とも大喜びしていたな。

「ローレライは？　ドラゴンロード王国のお姫様だし、婚約者とかいるんだろ？」

「……いないわ。というか、条件が厳しすぎて、誰も名乗り出ないのよ」

「条件？」

「ええ。私とクララベルの婿（むこ）になる条件……パパと一騎打ちして勝利すること」

「ブッ!?　ド、ドラゴンロード王国最強のガーランド王に勝つ!?　そんなの無理だろ!!」

「だから婚約者がいないのよ。パパもあと数万年は生きるし、民衆の支持も絶大だし……私の結婚は、しばらくなさそうね」

「は、ははは……」

笑うしかなかった。

だって、ガーランド王に勝つなんて不可能すぎる。

ビッグバロッグ王国にも伝わっているぞ。『覇王龍（ケーニッヒ・ドラゴン）』と呼ばれた生きる伝説のドラゴンの名前は。

ローレライは、クスッと笑った。

「ねぇアシュト、アシュトはパパを倒せるかしら？」

「え」

「ふふ、冗談よ」

ローレライは、オレンジの夕日を浴びながら、イタズラっぽく微笑んだ。

その日の夜。

机に置いてある『緑龍の知識書（ムルシエラゴ・グリモワール）』を見ながら、ふと思った。

「……いや、まさかな」

ここには、俺が思い描いた魔法や知識が表示される。

『ねぇアシュト、アシュトはパパを倒せるかしら？』

いやいや、相手は最強のドラゴンだぜ？

そんな都合のいい魔法あるわけが……

****

「植物魔法・禁忌（きんき）」
○ヤドリギに絡む大蛇（ミストルティン・ヨルムンガンド）
ちょー強い樹の大蛇（だいじゃ）を召喚します♪

このヘビに勝てる生物はいないかもね～♪


****

「…………」

さて、寝るか。

第十一章　ポンタさんのお願い

「あ、村長なんだな。こんにちはなんだな」

「こんにちは、ポンタさん」

ある日、村を散歩しているとふわふわとしたモグラ、ブラックモール族のポンタさんと出会った。

ポンタさんは全体的にまん丸としたフォルムで、毛並みはとても柔らかい。また、両手には大地を掘るための鋭い爪が生えている。

ポンタさんの身長は俺の腰よりも低いので、俺は目線を合わせるためにしゃがんだ。相変わらずとても愛くるしい姿だ。

「採掘の仕事はどうですか？　何か困ったことは？」

「うーん、特にないんだな。みんな仕事は楽しんでやっているし、お酒もお風呂もご飯も素晴らしいんだな。故郷のブラックモール族たちも来たがっているんだけど、ダメなんだな？」

「えーと、人数にもよりますけど、ある程度なら」

「おおー。さっそくみんなで会議を開くんだな!!　ぼくも奥さんと子供をここに呼びたいんだな」

「え」

「では村長、またなんだな!!」

ポンタさんは、ポテポテと走っていった。

「…………奥さんと子供？」

たぶん、オーベルシュタインに来てから一番の衝撃だった。

ブラックモール族たちの仕事は採掘。

村の近くに鉱山があり、そこで鉄鉱石などを採掘してエルダードワーフたちに卸(おろ)している。

採掘した鉄鉱石はエルダードワーフによって溶かされて加工される。

作るのは鍋や包丁、釘や大工道具などの生活用品がメイン。余った分で置物や武器防具を作ってディミトリの館に卸すこともある。

ブラックモール族たちも、鉱山で採掘した鉱石をディミトリの館で商品と交換する。もちろん、俺の許可を得て。

さて、ポンタさんが会議を開くと言った数日後。俺の家に数人のブラックモール族たちが来た。

こんな言い方はアレだが、正直見分けがつかない。かろうじて、ポンタさんはわかるけど。

「村長、これを見てほしいんだな」

「は、はい」

ポンタさんが差し出したのは、一枚の羊皮紙だ。

そこには、会議の結果が記されていた。

「なになに。ブラックモール族の増員の嘆願。里にいる既婚者の家族を優先し、作業員を三十名ほど増やす……なるほど」

現在、ブラックモール族は二十名村に住んでいる。そのうち既婚者はポンタさんを含めて八名。

彼らの家族を優先して村に呼びたいとのことだ。

増員数三十名の内二十名が住人の家族、残りの十名は村への移住希望者らしい。

「妻たちも採掘できるし、収穫の手伝いもさせるんだな。お願いなんだな、家族をここに呼ぶ許可をくれなんだな」

「「「「お願いなんだな!!」」」」

う、うわぁ、ブラックモール族たちがみんな頭を下げている。めっちゃ可愛い。

当然、こんなの議論するまでもない。

「もちろん構いませんよ。というか皆さん、家族がいたなら最初から連れてきてくださいよ。父親と子供が離れて暮らすなんてかわいそうじゃないですか」

「そ、村長ぉ～～」

おぉぉ……ブラックモール族たち、目をウルウルさせている。すげぇ抱きしめたいんですけど。

そしてあっと言う間に数日後……村にブラックモール族が増員された。

「村長、ぼくの奥さんと息子なんだな」

「いつも主人がお世話になっています」

「よろしくなんだなー」

「……ど、どうも」

ポンタさんが家族の紹介をしてきたけど……なんて言えばいいんだ。

息子さんはわかる。ポンタさんのサイズダウンバージョン。俺の膝下くらいの大きさだ。でも、奥さんとの見分けはまったくつかない。顔も色も毛並みも身長も全て同じ。声は女性だな。着ている服と声で見分けるしかないか。

サラマンダー族みたいに鱗のパターンがやや違ったり、顔や身体に傷があったりすれば見分けることもできるけど……ブラックモール族にはそれがない。皆一様にフッカフカの毛並みだ。

その後、俺の家の前に三十名の新入りブラックモール族たちが挨拶に来る。

小さなブラックモールが数人と、スカートを穿(は)いたブラックモール、作業着を着たブラックモールが一斉に頭を下げた。

「「「「「「「「「よろしくなんだな、村長」」」」」」」」」

「「「「「「「「「よろしくお願いします、村長」」」」」」」」」

いや、うん………可愛いからいいや。

メンバー増員により鉱石採取はさらに捗(はかど)り、ブラックモール族の女性も畑や果樹園を日替わりで手伝うようになった。

ブラックモールの子供たちはすぐに打ち解け、クララベルをリーダーとした子供軍団の一員となって遊んでいる。

また、子供たちはよくハイエルフに抱きしめられていた。子供だから嫌がらないし、むしろキャッキャキャッと楽しんでいる。

新しく住人を受け入れたお礼として、ブラックモール族の里から俺に贈り物が届いた。

「まさか、賢者の石とはね……」

俺は自宅の診察室で、赤いルビーのような石を見ながらそう呟いた。

上質な赤ワインをそのまま凝固(ぎょうこ)させたような、とても綺麗な色だ。石って言うより宝石と呼んだ方が正しいかもしれない。

これはブラックモール族がとある遺跡で見つけたものらしい。なんでも、里の近くにある鉱山で採掘をしていたところ、偶然遺跡に繋(つな)がる秘密通路を発見して、調査したのだとか。

賢者の石は、錬金術師なら誰もが欲しがる至宝……まさかそれが今、薬師の俺の手にあるなんて。

だが、この石は俺にとっても喜ばしいアイテムだ。

なぜなら、賢者の石はエリクシールの材料の一つだからである。

《エリクシールの材料》
・マンドレイクの葉【済】
・アルラウネの葉【済】
・賢者の石【済】
・ソーマ水
・ユニコーンの角
・古龍の鱗
・大樹ユグドラシルの枝【済】
・オリハルコンの鍋【済】

これであと三つ……ふふ。もう少しで作れるぞ。

それにしても……発見された遺跡のことは少し気になるな。

もしかしたら、大昔に名を馳せた錬金術師の隠れ家だったのかも。それが長い年月をかけて地面に埋まり、ブラックモールたちの手によって掘り起こされた、とかかな？

まあいいや、とりあえずこの石はしまっておこう。

俺は薬品棚をスライドさせる。

棚の後ろには小さな窪みがある。遊び心で作った隠し収納スペースだ。

このスペースには、マンドレイクの葉、アルラウネの葉、ユグドラシルの枝、オリハルコンの鍋が安置してある。ここに、エルダードワーフ製の小さな木箱に入れた賢者の石を置いた。

名付けて、『エリクシール収納場所』だ。ここに全てのエリクシール素材を集めてみせる。

「うん……ふふふふ」

収納場所を眺め、俺はニヤニヤしながら頷いた。

第十二章　アスレチックガーデン・鬼畜レベル

賢者の石を手に入れた数日後、今日は図書館でのんびりしようと考えていた時だった。

「お兄ちゃん、遊びに行こっ!!」

「クララベル？」

クララベルが自宅のドアを勢いよく開け、リビングでまったりカーフィーを啜る俺の腕にしがみついてきた。

ちなみに、リビングにはシェリーとミュディもいる。

「お兄ちゃん、アスレチック、アスレチック行こう!! 子供たちもみーんな外で待ってるよ!!」

「わわ、ちょっと待てクララベル」

クララベルが俺の腕を揺らすので、カーフィーがこぼれそうになった。

すると、シェリーがクララベルに噛みついた。

「ちょっとクララベル!! お兄ちゃんを困らせないでよ!!」

「む。困らせてないもん、シェリーには関係ないもん」

「なんですってーっ!!」

「しぇ、シェリーちゃん。クララベルちゃんも落ち着いて」

ミュディが止めに入るが、シェリーとクララベルは顔を突き合わせてむむむと唸る。

やれやれ、仕方ないなぁ。

「シェリーもクララベルも落ち着けって。じゃあアスレチックに行こうか。シェリーも一緒に」

「やたっ!! ……って、シェリーも？」

「うん。ほらシェリー行くぞ。ミュディはどうする？」

「ごめんね、私は行けない。製糸場でお仕事あるから」

「わかった。じゃあ行くぞ……ほらシェリー」

「むー……わかったわよ」

むくれるシェリーを立たせ、クララベルと一緒に外へ出た。

外には、ミュアちゃん、ライラちゃん、アセナちゃん。それとマンドレイクとアルラウネ、シンハくんとエイラちゃん。ウッドとシロもいる。

そして、ブラックモールの子供をモフモフしているエルミナ、メージュ、ルネアのハイエルフ三人組だ。抱きしめて可愛がりたい気持ちはよーくわかる。

「アシュト、今日こそアスレチックを拡張してもらうわよ!!」

「今日こそというか、アスレチックに行くこと自体久し振りなんだけどな」

エルミナの言葉にそう返しつつ、ブラックモールの子供たちを見る。

ほんとに可愛いな。見分けはつかないけど、ポンタさんの子供も交ざっているようだ。

さて、久し振りに運動するか。

やってきましたアスレチック・ガーデン……って、あ、あれ?
「こんな場所だったかな……?」
久し振りに来るんだけど、なんかいろいろ変わっている。
まず、やけにデカいロッジが建っていた。

中に入ると、カーペットの上に椅子やテーブルではなく座卓が設置されている。そこにはすでに数人のハイエルフたちが寝転び、酒盛りをしていた。どうやらアスレチックで遊んだあとらしい。

窓を開けて湖を眺めると……あれ、栈橋なんてあったかな？

エルダードワーフたちが栈橋で釣りをしている。しかも湖岸ではサラマンダーたちが釣った魚を焼くためのバーベキューの準備までしていた。

いつの間にかアスレチック・ガーデンは、設備の整った野営場みたいになっていた。

「な、なんだこれ」

「開拓許可はアシュトが出したじゃない」

「いや、エルミナの言う通りだけど……まさかこんなことになっているとは」

ロッジに荷物を置くと、クララベルと子供たちはアスレチックへ出かけていった。

残ったのは、俺とエルミナ。

「お前は行かないのか？」

「もちろん行くわ。その前にアシュト、アスレチックの拡張をお願い」

「え～……いや、別にこのままでいいだろ？」

「ダメよ。子供たちは楽しんでいるけど、ハイエルフや銀猫族、サラマンダーなんかはとっくにクリアしちゃったんだから。今あるやつは初級コースとして、別の場所に超上級コースも作ってちょーだい」

「超上級って……俺にとってはここが超上級なんだけど」

「あーもうグチグチと!!　住人の娯楽のために作ってよぉーっ!!」

エルミナが俺の腕に抱きつきガクガク揺らす。

「わわ、わかったわかったよ!!　引っ張るな揺するな抱きつくなっ!!」

うっとうしいので離れてもらい、今あるアスレチックとは反対側の森へエルミナと向かった。

「で、ここに作ればいいのか？」

「とびっっっっきりのやつをお願いね!!」

「はいはい。その代わり、ここの責任者はお前だからな」

俺は杖を取り出し、『緑龍の知識書（ムルシエラゴ・グリモワール）』を開いた。

＊＊＊＊＊＊＊＊＊＊＊＊＊＊＊＊＊＊＊＊＊＊＊＊＊＊＊＊＊

「植物魔法・応用その一」
○森の遊戯場（アスレチック・ガーデン）
森は天然の遊戯場（ゆうぎじょう）!!

この魔法を使えばあら不思議!!　森が高難度の遊び場に!!

大人も子供もみんなで楽しもう!!

＊＊＊＊＊＊＊＊＊＊＊＊＊＊＊＊＊＊＊＊＊＊＊＊＊＊＊＊＊

とりあえず、魔力量を最初から増やしてみるか。

超高難度、超高難度と念じ、魔力をたっぷり練り込みながら詠唱する。

「森さんこちら手の鳴る方へ。みんな大好き天然の遊戯場。木よ草よ、面白おかしく変わっておくれ。『森の遊戯場（アスレチック・ガーデン）』」

呪文を唱えると、大地が揺れ、木々が動き、蔦が絡み合い、森が変わっていく。

釣りをしていたエルダードワーフ、バーベキューの準備をしていたサラマンダー、昼寝をしていたハイエルフたちが何事かとワラワラ集まり、アスレチックで遊んでいた子供たちもやってきた。

「……っぷは。これでどうだ」

「うん、上出来ね!!」

こうして、超高難度のアスレチックが完成した。

エルミナがちょうどいいとばかりに、集まったみんなに言う。

「みんな!!　アシュトが新しいアスレチックを作ってくれたわ。こっちのアスレチックは難易度が桁違いよ!!」

「「「「おぉぉぉ～～～っ!!」」」」

周囲はどよめいた。そして、なぜかみんなウズウズしている。

だが、エルミナがストップをかけた。

「おーっと、早く行きたい気持ちはわかるけど、アスレチック第一号は発案者の私が行くわ!!」

ブーブーと文句が出るが、エルミナはどこ吹く風だ。

そして、意気揚々（いきようよう）とアスレチックの入口に向かった。

するとと、シロを抱っこしたクララベルが俺の隣に。

「お兄ちゃんお兄ちゃん、お兄ちゃんってやっぱりすごい!!」

『きゃんきゃんっ!!』

「はは、ありがとな。エルミナがクリアしたらみんなも楽しんでくれ」

シロをナデナデしながらみんなに言った。その時だった。

「うっきゃぁぁぁぁーーーーーっ!?」

エルミナの叫び声が聞こえ、全員がアスレチックの入口を見た。

同時にエルミナが宙を舞い、湖にドボンと落ちる光景を目にする。

いきなりのことに唖然とする俺たち。

そして、全身ドロドロのずぶ濡れ状態のエルミナが湖から上がってきた。

「お、おいエルミナ？　大丈夫か？　い、一体何が……」

「う、ぅぅ……樹液ぶっかけられて蔦が絡みついてそのまま森の外にぶん投げられたぁぁうぇぇ」

「うわぁ……」

エルミナは、湖に落ちたのに樹液でベトベトだった。水で洗い流せないタイプの樹液っぽい。

なんというかむごい。

そして、なぜか燃えだした住人たち。

「面白そうじゃん、行くよシンハ!!」

「おう姉ちゃん!!　デーモンオーガの力を見せてやるぜ!!」

「あ、わたしも行くよーっ‼　へへーん、お先にシェリーっ‼」

「クララベルっ‼　あたしも負けないからっ‼」

「にゃうーっ‼　ライラ、アセナ、いこっ‼」

「わぉーんっ‼」

「ふん、ワーウルフのわたしなら余裕です‼」

「ちょ、おいみんなっ⁉」

その場にいた全員がアスレチックに殺到(さっとう)した。

エルミナみたいに吹っ飛ばされて湖に落ちたり、トラップに引っかかり入口に戻されたり、なかなかゴールできないようだった。

だが、挑戦者はみんないい表情を浮かべていた。新しくできたアスレチックは大好評みたいだな。

「アシュトぉぉ～……ベタベタするぅ～」

「お、おいこらエルミナ、そのベタベタで触(さわ)るなよっ⁉」


それから数時間が経過したが、アスレチック・ガーデンの超高難度バージョン、《鬼畜レベル》は誰一人として攻略できなかった。

意外だったのは、ノーマちゃんやシンハくんといった、圧倒的身体能力を持つ子でもクリアできなかったことだ。何度も吹っ飛ばされ、湖にダイブしていた。

ミュアちゃんたちも挑んだが、たちまち樹液まみれになってしまった。

みんなベタベタで気持ち悪がり泣いちゃったので、森でお昼を食べる予定をキャンセルして、みんなを風呂に入れるために村に帰ることにする。

道すがら解体場へ向かう途中のデーモンオーガ両家の夫妻と出会い、樹液まみれのノーマちゃんやシンハくんが、俺が作ったアスレチックをクリアできなかったと報告した。

すると、彼らはなぜかニヤリと笑みを浮かべて去っていく……あの、解体場はそちらじゃないです。なんでアスレチックのある方へ向かうのでしょうか？

村に着いたあと、エルミナ、シェリー、クララベルは子供たちをお風呂に連れていき、アスレチックに挑んだドワーフやサラマンダーも汚れを落としに風呂へ。シロとウッドはユグドラシルへ戻っていった。

つまり、俺一人になってしまった。

せっかくなので、帰る前に村を散歩しようかな。

「あれ、アシュト？」

「あら、アシュトじゃない」

ディミトリの館の前を通りかかると、ミュディとローレライに声をかけられた。珍しいな。二人ともここにはあまり来ないと思っていたんだけど。

「よう、二人して何を？」

「品物の交換よ。欲しいものがあってね」

「そうなのか。ミュディもか？」

「うん。ちょうどそこでローレライとばったり会ってね、一緒に来たの。アシュトは？」

「俺は散歩。せっかくだし付き合うよ」

二人と一緒に店内に入ると、黒髪黒縁メガネの支店長、リザベルが迎えてくれた。迎えると言っても、カウンター越しにチラリとこちらを見ただけだが。

「いらっしゃいませ、ミュディ様、ローレライ様。お久し振りですね、アシュト村長」

「久し振りだな、リザベル」

「こんにちは、リザベル。査定をお願いするわね」

「あ、私も査定よろしくね」

「はい。ではこちらへ」

なんというか、リザベルとミュディたちの雰囲気が違うな。まるで長年の友人みたいな。

「ミュディとローレライは、よくここに来るのか？」

「ええ。ミュディ様の作られた布製品はベルゼブブで人気となっております。アシュト村長とは違い、ローレライ様もよくお越しになりますね」

相変わらず毒舌だな、リザベル。

カウンターに向かい、ミュディとローレライは査定する品を取り出した。

ミュディの品は、複雑な刺繍が施されたハンカチ数枚だ。

「すっげぇ細かいな」

「えへへ。お裁縫って楽しくてね、凝っちゃって」

「おお」

さすがミュディ。デザイナーとしての腕だけでなく、こんな才能まであったとは。

ローレライが出したのは、ハンカチに包まれた丸くて蒼い宝玉だった。まるで青空のような、とても綺麗な色だ。それと、クリーム色の葉っぱのようなもの。

「これは？」

「魔力結晶と、私の鱗よ」

「ま、魔力結晶って」

龍人は、魔力を結晶化できるということは知っている。魔力結晶は純粋な魔力の塊で、魔法師が持てば魔法の威力が上がったり、体内に取り入れた魔法師の魔力総量を大幅に引き上げる力があると言われている。宝石としても人気があるとか。

そして、魔力結晶を作れるのは、純粋な龍人だけ。つまり、ドラゴンロード王国の王族だけだ。

「初めて見た……これが魔力結晶」

「このサイズで作るのに二日かかるのよ」

「へぇ。それで、こっちが鱗か？」

「ええ。新しい鱗に生え変わった時に出たの。どうやら希少みたいだから、結晶と合わせて換金しようと思ってね」

「ほぉ～」

リザベルは、メガネをクイッと上げて査定を始める。

「ふむ。ミュディ様のハンカチは価値にして一枚二千ベルゼ、五枚で一万ベルゼですね。何か欲しいものはございますか？」

「ええ!! 『ベルゼブブ製菓辞典』と交換してください!!」

「はい。一冊三千ベルゼです。残り七千ベルゼ残っていますが」

「うーん。じゃあ貯金しておきます」

「かしこまりました。ではこちら、一千ベルゼ札七枚です。ありがとうございました」

「やったぁ!!」

「ちょ、ちょっと待った待った!! ベルゼってなんだ？ そのお札はなんだよ!?」

久し振りに来たのでわからなかった。

どうもシステムが変わっている。ここは物々交換で商品を手に入れるシステムだったはずだ。

すると、リザベルが説明してくれる。

「皆様が持ち込む査定商品がどれも高額すぎて、物々交換では対処し切れなくなったのです。そのため、通貨制度を取り入れました。先日、アシュト村長には報告書を送ったはずですが」

「……………」

み、見てない。

しまった……フレキくんの指導やらなんやらで、そういった村の報告関係の書類、積みっぱなしになっていた。

冷や汗をダラダラ流す俺に、リザベルの視線が突き刺さる。

「村長には秘書を付けるべきですね。以前から思っていましたが、村の作物の収穫量や、交易先への作物の分配、村で作ったものの管理が杜撰です。せめて文官を雇ってはどうですか？」

「わ、わかっているよ。でもみんな忙しいし」

「……はぁ」

うわぁ、めっちゃ呆れられた。

続いてリザベルは、ローレライの鱗と魔力結晶を査定した。

「鱗は一枚二千ベルゼ、三枚で六千ベルゼ。魔力結晶は五万ベルゼです。合計五万六千ベルゼになります。何か交換なされますか？」

「ええ。この店最高のカーフィー豆、『レッドヴァリー』と交換よ」

「かしこまりました。五万ベルゼになります。残り六千ベルゼはいかがなさいますか？」

「貯金しておくわ」

「はい。では六千ベルゼのお返しです。ありがとうございました」

ローレライは、缶に入ったカーフィー豆をもらった。

たぶん、村一番のカーフィー好きはローレライだ。満面の笑みを浮かべているよ。

「うふふ。さっそくお茶にしましょう。アシュトとミュディもいかがかしら？」

「そうだな、ご馳走(ちそう)になるよ」

「ええと、私はちょっとカーフィーは苦手で」

「あら残念ね。では私とアシュトだけでお茶にするわね。ふふ、ホントにいいの？　ミュディ」

ローレライは、俺の腕を取って両手で抱えた。

「お、おいローレライ？」

「むっ」

頬(ほお)を膨らますミュディ。

「や、やっぱり私もいただけるかしら？」

「ええ、もちろん。ただし、最高級品に砂糖やミルクを入れるなんて無粋(ぶすい)なマネさえしなければ」

「えええっ⁉」

うわぉ、ローレライがミュディをからかってるよ。

すると、リザベルがため息を吐(つ)いた。

「やれやれ。アシュト村長はとんだハーレム野郎ですね」

「おいこら、聞こえてるぞ」

「おっと失礼」

買い物を終え、お店を出ようとしたその時。

店の奥から、ディミトリが現れた。

「おやアシュト様。お久しゅうございます」

「ディミトリ。久し振りだな」

「ええ……ワタクシ、こう見えて超一流の商人ですので、常に各支店を飛び回っているのでありま
す……」

「そ、そうかい」

なんか疲れたように見えるのは気のせいだろうか。

そして、俺をチラチラ見ながら悩んでいるような……まぁ俺には関係ないか。

「じゃ、またな」

「お待ちください、アシュト様」

「なんだよ？」

「実は、折り入ってお願いがございます」

ディミトリのお願い……なんだろう、嫌な予感がする。

俺は別室に案内され、最高級品種のカーフィー『レッドヴァリー』をご馳走になる。

なお、ミュディとローレライには先に帰ってもらった。込み入った話になりそうだったからな。

とりあえずカーフィーを口に含み、ディミトリの言葉を待つ。

レッドヴァリーは最高級の名に恥じないコクの深さと苦み……うん……すまん、よくわからん。

なぜかずっとディミトリは言い辛そうにしていたので、先を促す。

「で、お願いとは？」

「……実はその、セントウ酒のことで」

「セントウ酒？」

「はい……」

この村の特産品であるセントウ酒を、ディミトリの館で他の商品と交換しているのは現在、あまり酒を飲まない俺だけ。その数は二十日に三本と少ない。もちろん村の交易相手として取引している分もあるが、それらは全て予約用に回されているのだとか。

酒を渡す代わりにチコレートを受け取り、シルメリアさんに渡して料理に使ってもらっている。最近は、ケーキのスポンジや生クリームに混ぜてチコレートケーキを作ってもらった。まだまだ改良の余地があるとシルメリアさんは言っていたっけ。

おっと、そんなことよりディミトリの話だ。

「セントウ酒はベルゼブブで大変人気がありまして。我が『ディミトリの館・本店』では、一番の人気となっております。予約が二十年待ちというくらい」

「に、にじゅうねん……そ、そこまでかよ」

「ええ、それはもう。一本五十万ベルゼとお高いですが、予約分を差し引いた店頭販売分も、一瞬で売り切れるほどです」

「なるほど。つまり、セントウ酒の仕入れを増やしたいと」

セントウ酒は住人全員に定期的に配っているが、彼らは全て自分で飲んでしまうので、ディミトリの館に卸すことはまずないのだとか。まぁ、セントウ酒は村で一番の人気酒だからな。

確かに二十日に三本じゃ少ないと思うから、無理のない範囲で数を増やしてもいいのだが、対価がなぁ……チコレートを山ほどもらっても余らせるだけだし、今必要なものは特にない。

さて、どうしたもんか。

考えていたら、ディミトリがおずおずと話しだす。

「そ、その……実は、ちょっと厄介なことになりまして……」

「？」

なーんか様子がおかしい。

汗を拭ってばかりだし、まるで何かに怯えてるみたいだ。

「実は……次の卸し先はベルゼブブの市長なのです」

「市長？　ああ、ディアボロス族の」

「ええ。族長であり市長です。以前、セントウ酒をお試しとして一本購入されたところ、たいそう気に入ったらしく、先日定期購入すると注文があったのです」

「え、じゃあ今回は定期購入分のセントウ酒が欲しいってことか？」

「ええ……その、三日に一本、必ず届けるように、と」

「えぇぇ～……ちょっとその数は無理だな」

「そ、それと……セントウ酒の産地の代表を、その……お連れしろ、と」

「は？」

すると、ディミトリがいきなり土下座した。

「お願いしますアシュト村長!!　どうかワタクシと一緒に魔界都市へお越しください!!　そして、

三日に一本のセントウ酒の契約をお願いしますぅぅぅぅぅぅっ!!」

「ちょ……」

「もし市長との契約が果たせなければ、我が商会は取り潰されてしまいますぅぅぅぅっ!! 何とぞ、何とぞォォォォォォーーーーーーっ!!」

「お、落ち着けよ、ちゃんと話せって」

「う、ううぅぅ……」

こんなディミトリ初めて見た……なんか、本当に大変そうだ。

第十三章　いざベルゼブブへ

落ち着きを取り戻したディミトリは、ゆっくりと市長について説明を始めた。

市長はかなり強引な人物で、今回も半ば強制的にディミトリに『お願い』をした。三日に一本のセントウ酒を持ってくるように、そして俺をベルゼブブに連れてくるようにと。

断ったらどうなってしまうのか。

過去に市長と契約した商会があったが、たった一度だけ契約違反をしたらあっさりと潰されたそうだ。しかも、違反内容が『指定した時間内に頼んだお菓子を持ってこなかった』というものらしい。そのお菓子は当時人気だった焼き菓子だとか。

「その市長って、ずいぶんワガママなんだな……」

「……あの御方は市長であり、ベルゼブブ経済のドン。逆らえば待つのは商会の消滅……うう、こんなことになるなんて」

「……」

さて、どうするか。

このまま放っておけばディミトリの館は潰れるのだろう。三日に一本のセントウ酒なんてさすがに今すぐは用意できないしな。他の交易相手に渡している分を回せばなんとかなるけど、ディミトリだけ優遇はできない。

あと、俺がベルゼブブに行く……これは俺もけっこう乗り気だ。ぶっちゃけ他の国には興味がある。

「……わかった。とりあえずベルゼブブには行くよ」

「ほ、本当でございますか⁉」

「ああ。こっちにも在庫の都合があるからな。三日に一本のセントウ酒なんて横暴もいいとこだって文句言ってやる。とはいえうちの酒を美味いと言ってくれるのは嬉しい。挨拶がてら少しだけ渡して、交渉してみるか」

「お、おぉぉぉぉっ‼」

魔界都市の市長か……どんなやつだろう。

デヴィル族の希少種族であるディアボロス族の、族長なんだよな。情報が少なすぎる。危ないやつだったらどうしよう。

「ただし、護衛は連れていく。それくらいはいいだろ？」

「もちろんでございます!!」

というわけで、魔界都市ベルゼブブへ向かうことになった。

セントウ酒の生産事情について、改めて話しておこう。

現在、村で作られたセントウ酒は二十日に三本というペースで俺を含む住人に支給している。ディミトリが受け取るセントウ酒は、以前定めた契約で取引している分と、俺の支給分三本というわけだ。これ以上の数を出すのはちょっと厳しい。

ウッドに頼んでセントウの木を増やすことは可能だが、この案は今のところ現実的ではない。今よりセントウの木を増やすと収穫が追いつかなくなるのだ。

ハイエルフたちの数が増えたとはいえ、セントウの収穫だけが彼女らの仕事じゃない。酒への加工や瓶詰めなんかも手分けしてやっているし、他の果物のことだってある。

また、セントウは美味しいが、日持ちしないという弱点もある。

収穫して一日を過ぎると腐ってしまうのだ。なので収穫後はすぐにセントウ酒やジャムに加工するか、おやつとして剥いて食べてしまわないといけない。

ディミトリが頼まれたのは、三日に一本というペースだ。二十日だとおよそ六〜七本となる。

いきなり倍の量を要求されるのはきつい。ベルゼブブの市長はどれだけわがままなんだよ。

まぁ、ディミトリ曰く、ベルゼブブはビッグバロッグ王国よりもデカい都市らしいから、相当なやり手だとは思うんだけど。

ディミトリを見捨てるわけにもいかないし、俺が出向いて交渉するしかないのか……はぁ、都市観光は楽しみだけど、面倒だ。

さて、出発の準備をしなくてはならない。

まず、まだ交換していなかった俺のセントウ酒三本を、エルダードワーフに作ってもらった木箱に入れて封をし、ミュディがデザインした焼印を入れる。セントウの実に葉と蔦が絡みついたような形だ。

そして、護衛の選別だ。なるべく強い人にお願いしたい。

この村で最強の人物といえば決まっている。

「護衛か」

「ふむ、いいだろう」

バルギルドさんとディアムドさんに事情を話したら、二人ともノリノリでそう言った。

「あ、いや、その、どちらか一人で構いませんので」

「そういうわけにもいかん。ディアボロス族だかなんだか知らんが、村長に何かあったらみんなに顔向けできんからな」

「そういうことだ。オレたちに任せろ」

えーと、バルギルドさんとディアムドさんが両方付いてきてくれることになりました。いやいや、マジで最強の護衛でしょ？

そして翌日。

ミュディが拵えたよそ行き用の服とローブに着替え、ディミトリの館前に来た。

バルギルドさんとディアムドさんも、モンスターの革で作られた鎧と装備一式を身に着けている。このまま戦争にでも行くような気迫だ。

店の前には、ディミトリとリザベルがいた。

ディミトリはこちらを見て口を開く。

「アシュト様。この度は本当に」

「もういいって。とりあえず市長に会って、セントウ酒を用意することが難しいって俺から説明する。ディミトリの商会に影響が出ないようにしてみるよ」

「……このお礼はいつか必ず」

深々と頭を下げるディミトリとリザベル。

彼らは村に潤いをもたらしてくれたし、ディミトリの店がなくなることは避けたい。

すると、リザベルが地面にシートを広げる。

そこには、幾何学的な模様が描かれていた。

「皆様、この転移魔法陣の上にお乗りください。魔界都市ベルゼブブまで転移します」

なるほど。これが転移魔法陣か。

俺たちはシートの上に乗る。俺、ディミトリ、バルギルドさん、ディアムドさんという男だけのメンバーだ。

「リザベル。あとは頼みましたよ」

「はい、会長。どうかお気を付けて」

「ええ。父に任せなさい」

「え」

ディミトリが指パッチンすると、目の前が真っ白になった。

第十四章　ディミトリの館・本店

到着したのは、とても豪華な部屋だった。

真っ赤な絨毯、高そうな戸棚や調度品、横長の広いデスク、フカフカな椅子、壁にはシカの剥製やライオンの毛皮が飾られていた。成金みたいな部屋だな。

「ワタクシの執務室へようこそ。アシュト様」

「あ、ああ。その……いろんな意味ですごいな」

「オレは気に食わん」

「オレもだ」

　バルギルドさんやディアムドさんはお気に召さないようだ。

　ディミトリは苦笑し、高そうなソファに俺を促す。

　ソファに座ると、バルギルドさんたちは座らずに後ろに立った。なんというかプレッシャーが半端じゃない。この二人じゃなくて、キリンジくんやノーマちゃんにしとけばよかった。

「まずはお茶でも」

　パチンと指を鳴らすと、メイドさんがカートを押して入ってきた。まるで見計らったようなタイミングだ。

　お茶をいただき、ディミトリが話を始める。

「改めて、お越しいただきありがとうございます」

「いいって。それより、市長とはいつ会うんだ？　あまり村を空けたくないんだ」

「もちろん、すぐにでも。アシュト様には『ベルゼブブ市庁舎』へご足労願います」

「わかった。さっさと話をつけて帰ろう」

「では『魔導車（まどうしゃ）』を準備させますので、しばしお待ちを」

「魔導車？」

「はい。人間で言う馬車のようなものです。では」

ディミトリは退室し、俺とバルギルドさんとディアムドさんが残された。

お茶を一気に飲み干し、息を吐く。

「はぁ……なんだか息苦しい」

「確かにな。森で育った我らにとって、この都市は落ち着かん」

「ああ……村長、外を見てみろ」

「え？」

振り向くと、バルギルドさんとディアムドさんはディミトリの執務机の奥にある窓を見ていた。

俺はソファから立ち、窓へ向かう。

そして、窓越しの町並みを見下ろして驚いた。

「な、なんじゃこりゃ……」

外は、まるで塔のような高い建物で溢れていた。

長い塔、横長の大きな施設、道行く人はみんな早歩きで、四角い箱のようなものがそこら中を走っている。都市全体がきらびやかで、なんだか気持ち悪い。

また、緑が見当たらなかった。木々を植えている余裕もないってことか。

ビッグバロッグ王国よりも栄えているのは間違いない。

「村長、警戒はしておけ」

静かに言うバルギルドさん。

思ったより面倒な予感がしてきたぞ。

あと、今更だが、ディミトリの執務室も高い場所に位置していることに気付く。ここは大きな塔の一室みたいだ。

豪華な部屋の内装といい、改めてディミトリはすごい商人なんだなぁと思った。

その時、執務室のドアが開かれ、正装したディミトリが入ってきた。

「お待たせしました。面会の準備が整いましたので、参りましょう」

「わかった。行こう」

ディミトリに案内され、執務室を出る。

建物はけっこうな高さなので、徒歩で階段を下りるのかとややゲンナリしていると、執務室を出てすぐの部屋……というか、やけに狭い物置みたいな場所に案内された。

「なんだ、ここ？」

「昇降機(しょうこうき)です。これを使い一気に下まで下ります」

「へ？」

ディミトリが扉を閉めて壁に手を触れると、一瞬の浮遊感が身体に来た。

それから十秒ほどで扉が開くと、俺たちはバカデカいお店の中に移動していた。

「こちら、一階の『ディミトリの館・本店』でございます。支店にはない商品も取り扱っておりますので、市長との面談が終わりましたら、ぜひとも店内をご覧ください」

得意気なディミトリ。

そんな顔をするのもわかる。これだけの大規模な店を見るのは初めてだ。

店内にはデヴィル族だろうか、身なりのいい人たちがたくさんいる。

ガラスケースに入れられた宝石や、壁に飾られている剥製、ワイン棚には高そうなワインがズラリと並び、『超高級果実セントウを使用したセントウ酒・近日入荷』って札がある。

「アシュト様、魔導車を用意しておりますので、そちらで市庁舎へ向かいましょう」

「あ、ああ」

ここでようやく気が付いた。

俺、めっちゃ注目されている。

「見て、ディミトリ様」

「あのディミトリ会長が誰かをお連れしているぞ」

「誰だ、あの男」

「きっと有名なセレブに違いない」

う……ヒソヒソ声が聞こえてきたけど、なんか勘違いされてないか？

俺は別にセレブじゃねぇよ。くそ、恥ずかしい。

ディミトリのあとに続き、外へ出た。

外はすごい喧騒(けんそう)で、執務室の窓から見た箱が道の真ん中を走っている。

そして、目の前にはその箱が停まっていた。前と後ろにドアが付いているな。

「アシュト様、どうぞ」

ディミトリが後ろの方のドアを開けたので、おっかなびっくり乗り込む。

中は意外と広く、ディアムドさんとバルギルドさんが乗っても余裕があった。

ディミトリは前の席に座り、隣に座っている人物に「出せ」と言う。

すると、箱はスィーッと動きだした。ディミトリの隣の人が運転しているってことか？

「おぉ……」

「魔導車は馬車に代わるベルゼブブ市民の足ですな。簡単に言えば、魔力で動く乗り物です」

「へぇ～」

文明の発展度合いにいろいろショックを受けつつ、市庁舎とやらへ向かった。

第十五章　ディアボロスの長ルシファー

到着した場所は、横長の大きな建物だった。

煉瓦（レンガ）造りの図書館のようだが、歴史や風格よりも、何度も立て直したような真新しさを感じる。

ディミトリのあとに付いて市庁舎内へ。

受付でディミトリが用件を伝えると、あっという間に別室へ案内された。

来賓室（らいひん）だろうか、豪華な絨毯や調度品、凝った装飾のソファやテーブルがある。

ソファに座ると、バルギルドさんとディアムドさんが後ろに立った。

ディミトリも座らず、バルギルドさんの隣でソワソワしている。

「ディミトリ、緊張してるのか？」

「ええ。我が商会の運命がかかっていますから」

「とりあえず、お前の商会に矛先が向かないようにしてみるよ」

「……よろしくお願いします」

その時、来賓室のドアがノックされた。

ディミトリがビクンと跳ね、ゆっくりとドアへ向かう。そして、静かにドアを開けた。

「遅くなって申し訳ない。仕事が立て込んでてね」

入ってきたのは、俺と同年代くらいの青年だった。

黒い髪と赤い瞳、人懐っこそうな笑顔に、黒を基調としたスーツ。なんというか、ディミトリと似ている。そういえばディアボロス族は黒髪赤目に褐色肌が特徴だっけ。

ただ、肌の色はディミトリと違って白い。これはどういうわけだろう。

そして青年の後ろに、彼と同じようなスーツを着た男性が付いていた。

「…………ほう」

「…………む」

バルギルドさんとディアムドさんが僅かに反応した。

なぜなら、その男性は薄黒い肌にまっすぐ伸びた角を持つ、デーモンオーガだったのだ。

俺は立ち上がり、一礼する。

「は、初めまして。アシュトと申します」

「初めまして。僕はルシファー、このベルゼブブの市長であり、ディアボロス族の族長でもある。よろしく頼むよ、アシュトくん」

「よ、よろしくお願いします」

いきなりくん付けか。

差し出された手を掴み、しっかり握手する。

ヤバいな……機先を制されたかもしれない。

「ま、座ってよ。今話題のキミと、少し話をしてみたかったんだ」

ニコニコしながら座る市長、ルシファー。うん、こりゃ完全に相手のペースだわ。

ルシファーからはなんというか、ディミトリが可愛く思えるレベルの胡散臭さを感じる。

俺が背後に立つデーモンオーガの男性をチラッと見ると、ルシファーが口を開く。

「ああ、彼はダイド。見ての通りデーモンオーガで、僕の護衛で秘書でもあるんだ」

「なるほど、そうでしたか」

「うん。あとさ、堅苦しい喋り方はナシにしよう。僕たちはいいお友達になれそうだしね」

「……わ、わかりました」

うわぁ……ますます胡散臭いわ。

とりあえず、お土産を渡しつつ話を切り出すか。

「では、まずはこちらをお納めください。我が村で作られたセントウ酒でございます」

敬語なしとか言ってるけど、とりあえず敬語でお土産を差し出す俺。

「わぁっ!!　ありがとうアシュト、これ美味しいんだよね!!」

呼び捨てになっちゃったよ。

ここから有利に話を持っていこうとしたが……

「ねぇアシュト、そこのディミトリにも言ったけど、これから三日に一本の納品契約を結びたい。これ美味しくてクセになるんだよね〜」

また先に言われてしまった。

ディミトリがビクッと跳ねる気配と、視線を後ろから感じる。

わかっているよ。ちゃーんと言うから。

「その件ですが、少し問題があるんです」

「問題?」

「ええ。セントウ酒の原料となるセントウは数に限りがございまして。大量生産が不可能な状況です。他の種族とも交易を行っている現在、三日に一本という数は、はっきり言って不可能です」

「ふーん、そうなんだ。残念だな〜」

あれ、意外と物わかりがいいな。

ただ、ポーズかもしれないから油断はしない。こちらで妥協点を提示してペースを取り返す。

「こちらがお渡しできるのは、三十日に五本がせいぜいです。しかしこれはディミトリ商会に卸すもので、ルシファー市長個人との取引ではございません。セントウ酒を楽しみたいのであれば、どうぞディミトリの館でご購入ください……正規の手順でね」

「ふ～ん」

どうだ。

ディミトリの商会を潰すと脅（おど）しをかけて、この男は俺をここに呼んだ。

どんな魂胆があるのか知らんが、売られた喧嘩は買ってやる。俺は取引するなら対等の条件じゃないと認めない。

ハイエルフも、ブラックモール族も、ワーウルフ族も、交易を結ぶなら上下関係を結ばないのがポリシーだ。

「くくっ……なかなか言うね、アシュト」

いきなり笑い始めるルシファー。

「そ、そうですか？」

「ディミトリから何を聞いたのか知らないけど、僕はキミと話したいだけだよ。どうせ契約を守れなければ商会が潰されるとか言われたんだろうけど、僕はそんなことしないって。だからそんなに喧嘩腰にならなくてもいい」

「……え？」

「そりゃそうだろう。ベルゼブブでもトップクラスの商会であるディミトリ商会を潰すメリットなんて僕にはない。僕は本当にディミトリにお願いしただけであって、脅しつけるようなマネはしてないけどな」

「…………」

俺はディミトリを見た。

すると、露骨に目を逸らしやがった。

「ふふ、ディミトリを責めないでやってくれ。彼は僕に気に入られたくて必死なんだ。僕のお抱え商会になれば、もっと甘い汁が吸えるからね。商人なら当然の欲望さ」

「はぁ……」

つまりなんだ。あの必死な演技や潰される云々とかは嘘か。

ルシファーの前だが、俺は改めてディミトリの方を振り返る。

「ディミトリ、正直に言え。俺を連れてくるために嘘をついたのか？」

「左様でございます。ワタクシ、アシュト様をここにお連れするために嘘をつきました」

「商会が潰されるというのは？」

「それも嘘でございます。アシュト様は情け深いお方。住人ではないワタクシのためにも動いてくださると信じておりました」

「そこまでして、俺をここに連れてきたかったのか？」

「はい。セントウ酒に関しては、ルシファー市長はそこまで執着しておらず、無理ならばすぐに諦めると思いました。ですが、アシュト様にお会いしたいという気持ちは本物のようでしたので、それを成し遂げれば私もルシファー市長にお目にかかれるかと思いました」

「こんなことをして、俺やルシファー市長を怒らせると思わなかったのか？」

「はい。先ほども申し上げたようにアシュト様は慈悲深く、ルシファー市長はワタクシのような者を好いておられますから」

次の瞬間、バルギルドさんがディミトリの首を掴んだ。

どうやらめっちゃお怒りの様子。

「バルギルドさん、ストップ」

「む」

俺が言うと、バルギルドさんはゆっくり手を放す。

なんというか、ホントに呆れた。

こいつ、ここまでして俺と市長を会わせたかったのか。

ルシファーがディミトリを見て笑いながら言う。

「くくっ、確かにアシュト、僕はディミトリを気に入っているよ。こういう欲深い男は嫌いじゃない。むしろ好きかな」

「俺はちょっと呆れているよ。ディミトリ、下手したらホントに商会が潰れる可能性もあったぞ。こんな騙す形で面会をセッティングして、俺たちが怒ったらどうするつもりだったんだ」

そう言ってルシファーをチラリと見ると、クスクス笑いながら頷いた。

するとディミトリは、深々と一礼した。

「ワタクシの野望のため、この程度のリスクは覚悟の上です」

「野望？」

「ええ。ワタクシの野望は、オーベルシュタイン領土一の商会を作ることでございます」

……やっぱりこいつ、胡散臭いけど大物だわ。

ディミトリはもういい。ここまで本気だと説教する気もなくなった。

改めて、ルシファー市長に向き合う……やっぱり少し緊張するな。

「さてアシュト。このセントウ酒だけど、先ほど提示した条件で構わないから取引をしたい。セントウ酒を飲みたいのは本当だからね。ただ、できれば僕個人と取引してほしいかな」

「わかりました。ディミトリ商会に卸す予定でいた五本のうち、二本をルシファー市長宛に卸しましょう」

それくらいならなんとかなるだろう。それに、俺が加工を手伝ってもいい。

さて、次はお代について議論しなければ。

「えーと……その、対価は？」

「そうだね。労働力なんてどうだい？」

「労働力？」

「うん。僕が個人的に所有している農産物加工商会を、丸々一つアシュトにあげるよ。給料はこちらで支払うから気にしなくていい。職場をアシュトの村にして働いてもらおう」

「え、いやでも、それじゃあ」

「問題ないよ。転移魔法陣があれば簡単に行き来できるし、仕事が終われば従業員たちは家に帰る。それに、仕事内容もそう変わらないさ」

「……うーむ」

率直に言って、悪い話じゃない。

人手が増えれば果樹園の拡張もできるし、ゆくゆくはセントウの木を増やすことも可能だろう。

だが、少し不安もある。

「うちの従業員たちがセントウの実を持ち帰るとか、そんな心配をしているなら大丈夫だよ。その辺はちゃーんと徹底しておくからさ」

懸念していたことを先に言われた。

根拠のない発言だが、信用していいのだろうか。

というか、セントウ酒たった二本でこの条件、さすがに破格すぎだろう。

すると、ルシファーはまたもや考えを読んだように言う。

「はは、そんな顔しないでくれよ。こっちにもちゃんとメリットはあるんだ」

「メリット？　セントウ酒二本と、農産物加工商会を天秤にかけたら、どう考えてもこっちにしかメリットはないんじゃ？」

下手(したて)に出てもこの男には意味がなさそうだ。ズバリ質問しよう。

「俺は、あんたがセントウの実かその樹木を狙っていると考えている。悪いけど、まだあんたを信用していない」

あえて敬語をやめて、俺はそう言った。

この男は底が見えないのだ。

真意が読めないと言うか、取引をしたら大損してしまいそうな気がしてならない。

「確かに、そう考えるのも無理はない。キミの言う通り、普通に考えたらこっちが損する取引だからね。でもそれは、商会や儲けとして考えた場合だ」

「……は？」

「ふふ、キミを見てすぐにわかったよ。キミは僕と同じだってね」

「？」

わけわからん。

ルシファーはクスクス笑い、ソファに深く腰かける。

そして、とんでもないことを言った。

「キミが『緑龍ムルシエラゴ』の加護を受けているように、僕は『夜龍ニュクス』の加護を受けている。つまり、僕たちは神話七龍の加護を受けし存在なのさ」

これには、何も言い返せなかった。

いやいや待て待て。何よそれ？

確かに俺はシエラ様の加護を受けているけど、まさかルシファーもなのか？

「長い、ながーい年月を生きてきた。ディアボロス族をまとめあげ、最初は小さな村だったベルゼブブを作り、都市と呼ばれるまで発展させた。今ではこうして市長なんて呼ばれて、仕事に忙殺される毎日だ」

お、なんかルシファーが語り始めた。

「そんな中、とある報告書に目を通した。人間の青年が希少種族を集め、村を作ったとね。まさか人間がオーベルシュタインで？　なーんて思ったけど、村の発展速度が異常だった。驚いたよ。まるで昔の僕みたいだって思った」

発展速度が異常って……まぁ確かにな。

「どうしてもキミに会いたくなって、ディミトリにお願いしたのさ。そして、こうやって向かい合って確信した。キミは僕と同じ、神話七龍の加護を受けし存在だとね」

お、俺にはさっぱりわからなかったけど。

ルシファーはさらに言葉を続ける。

「僕にとってのメリットは、キミとの繋がりを持てることとさ。ずっと変わらない毎日を過ごすことに飽き始めていたけど、キミを見ていると面白くなりそうだ」

「な、なんだよそれ。俺は暇潰しの道具ってことか……？」

「気を悪くしたなら謝る。でも、これが僕の偽(いつわ)らざる本音だ」

「………………」

なるほどねぇ。嘘をついてるようには見えない。

やれやれ、仕方ない。

「わかった、信用する。契約を結ぼう」

「ありがとう!!　嬉しいなぁ。じゃあさっそく手続きを。あとせっかくだし、食事でもどうだい？」

食事ね。それも悪くないや。

第十六章　ベルゼブブ、ポンピー通り

ルシファーは興奮気味に言ってくる。

「アシュト。何か食べたいものはある？　好き嫌いは？　お肉かお魚……ああ、甘いものでもいいね」

「ちょ、ちょっと待った。えーっと、一気に言われても……ベルゼブブのことはよく知らないし、お任せで」

「あ、そうだね。ごめんごめん、僕がエスコートする立場だったよ」

ルシファーは苦笑し、ソファから立ち上がる。

「じゃ、僕の行きつけのお店に行こっか。ふふ、いいところだよ」

「行きつけ……」

「ダイドも一緒でいい？　アシュトも護衛の二人を連れてっていいからさ。ダイドも自分以外のデーモンオーガと会うのは久し振りだし、同族同士で親睦を深めるのはどう？」

「…………」

ダイドさんは無言だった。

バルギルドさんとディアムドさんも無言……いや、親睦とか無理じゃね？

この三人が一つのテーブルを囲んで骨付き肉を齧る光景を思い浮かべる……うん、もし俺がその場にいたらプレッシャーで胃がねじ切れるな。

全員で一緒に来賓室を出ると、ディミトリが一礼する。

「では、ワタクシはこれで失礼いたします。アシュト様、のちほどお迎えに上がりますので」

「あ、ああ」

「あれ、一緒に行かないの？」

「はい、ルシファー市長。お誘いはありがたいのですが、やるべきことがありますので」

「そっか。ふふ、キミって本当に仕事を愛しているんだね。僕と一緒に食事する機会なんて、そうあることじゃないよ？」

「その通りでございます。ですが、これからの機会がないわけではございません。ここで食事のお供をしてご機嫌を取ることより、ルシファー市長のためにできることをするのが得策かと。ワタクシはそう考えております」

「あっはっは!!　普通はそう考えていても僕には言わないものだよ？　いやぁ、ディミトリは根っからの商売人だねぇ。ますます気に入ったよ」

「ありがとうございます」

ルシファーはケラケラ笑い、ディミトリは深く頭を下げる。

たぶん、ディミトリは自分の思惑なんてルシファーには筒抜けだと思っている。だからこそ正直な姿を見せることで好意を得ようとしている……ほんと、とんでもないやつだな。

ディミトリは静かに去っていった。

「じゃ、行こっかアシュト」

「わかった……じゃなくて、わかりました、ルシファー市長」

そう答えたら、ルシファーが少し顔をしかめて言う。

「……さっきみたいに素のまま喋ってよ。せっかく一緒にご飯を食べるし、楽しい時間にしたいんだ」

「………………」

確かに、無理に敬語を使わなくてもいいか。

ずっと気を張っていると俺も疲れるし……よし、そうしよう。

「わかった。じゃあ今だけ」

「ずっとでいいよ。ほらほら、僕のことルシファーって呼んでみてよ」

「はいはい。とにかく、行きつけの店に案内してくれよ。変に緊張したせいで腹減ったんだ」

「お、いいねいいね。よーし、行こうか！」

子供っぽく笑ったルシファーと一緒に、市庁舎の外へ出る。

そして魔導車に乗り込む……ことはなかった。

まさかの徒歩。え、こんなデカい都市の市長が徒歩？

俺とルシファーが並んで歩き、その後ろにデーモンオーガ三人が付いてくる。

ちなみに、俺たちが歩いているのは『歩道』という徒歩専用の道で、その隣には幅広い『車道』

という魔導車専用の道がある。

ルシファーは、俺を見ながら言う。

「大きな魔導車で移動すると思っていた？」

「ああ。だって市長だし」

「市長だって歩くよ。というより……これは内緒にしてくれよ？　実は僕、魔導車がどうしても好きになれないんだ」

「え、意外。なんで？」

「だって、僕らには立派な足が付いているじゃないか。それを使わないで楽をしようっていうのは、僕らを作った神様に悪い気がしない？」

なんとも哲学的な答えだった。

俺は少し考えて言った。

「確かにそうかもな。でも、神様もそれで怒るほど厳しくないんじゃないか？」

「へぇ？　どうしてそう思うの？」

「この世界や生物が神様に作られたとしたら、いろいろと甘すぎると思うからな」

「……甘い？」

「ああ。美味しいご飯にお菓子、たくさんの娯楽や便利な道具。そういったものが溢れている世界を作った神様が、厳しい存在とは思えないんだよな」

「…………っぷ、あはははははっ!!　そうだね、確かに甘い甘い!!」

俺の答えが予想外だったのか、ルシファーが腹を抱えて笑いだした。

「いやぁ、アシュトってば面白い考えをしているね。神様が甘いなんて考えたこともなかったよ……くふふ」

「笑いすぎだって。別に思ったことを言っただけだし」

車道を見ると、魔導車が何台も行き交っている。今気付いたが、魔導車の種類や形が違うんだな……村に何台か欲しいかも。

視線を車道から近くの建物に移すと、村の図書館よりも大きい建物がいくつも並んでいた。

「……大きいな」

「ビルディング建築っていうんだ。略称は『ビル』」

「ビルかぁ……なぁ、エルダードワーフたちなら建てられるかな？」

「んー……建築には専用の魔導車が何台も必要だし、特殊な技術や道具もいっぱい必要なんだ。すぐには無理だと思うよ」

「残念……ま、うちの村には合わないと思うし、別にいいか。大きな建物は図書館で十分」

「図書館かぁ……ねぇアシュト、いつかキミの村の図書館に行っていい？」

「ああ、いいぞ。蔵書の量ならこのデカい町にも負けてないと思う」

「おお、楽しみだね」

タメ口で話すのはかなり楽だ。

談笑しながら歩き、大きな通りから細い裏路地へと入っていく。

すると、道の両脇に何軒もの小さな建物が並ぶ通りに出た。

「おぉ……」

「すごいでしょ？　ここがベルゼブブ裏通り飲み屋街、『ポンピー通り』さ」

裏通りなのに道幅が広く、建物からは人々のにぎやかな声が聞こえる。これ全部が飲み屋か。

ビッグバロッグ王国の城下町でも、こういう大衆食堂みたいな飲み屋があった気がする。

一応、俺は元貴族。城下町の食堂とかには行ったことがない。食事は基本的に家のコックが作る料理で、外食をした経験はなかった。

この町最高の権力者であるルシファーが、なぜこんなところに？　……なんてどうでもいいか。

ルシファーはポンピー通り入口の店に向かい、店の外にあるテーブル席に座った。使い古されているのか、背もたれのない椅子はボロボロだ。

俺もルシファーの対面に座る……うわ、この椅子ガタガタだよ。

デーモンオーガ三人も同じ卓に……なんかめっちゃ威圧感あるな。

「じゃ、まずはこのお店から」

「え、まず？」

「うん。ここ、飲み屋街だからさ、何軒もハシゴできるよ」

「え、昼飯……だよな？」

「もちろん。ふふふ、ここの煮込み料理は絶品だよ？　おばちゃーんっ!!」

ルシファーは店の奥に向かって叫ぶ。今更だが、この店にはドアがない。

ルシファーの声が聞こえたのか、奥からおばちゃんが来る。

「はいよ。あらルシファーちゃん、と……そっちは友達かい？」

「うん。外の村から来たアシュトって言うんだ。これからポンピー通りを案内しようと思ってね、まずはおばちゃんの煮込み料理で準備運動ってわけ」

「あら嬉しいねぇ。ふふ、串焼きサービスしてあげるよ」

「わぁ、ありがとう‼」

ルシファー……魔界都市ベルゼブブの市長、だよね？　なんかおばちゃんとめっちゃ馴染んでいるけど。

すると、ルシファーがメニュー表を俺に差し出してきた。

「何飲む？」

「えっと……ん？　この『ポンピー』って言うのは？」

「ふふ、それに目を付けるとは。さすがアシュトだね」

「いや、この通りの名前と同じだし」

「じゃ、それ頼もっか。おばちゃん、煮込みとポンピーを。ダイドとそっちのキミたちもいいかな？」

「……構わん」

「……ああ」

バルギルドさんとディアムドさんが返事し、ダイドさんも僅かに頷いた。

俺とルシファーの会話を邪魔しないように最低限のことしか喋らないでいるんだと思うけど、黙っているとなんか怖いので普通にしてほしいんだよなぁ。

なんとなく無言で待っていると、おばちゃんが瓶と、氷の入ったグラスを人数分持ってきた。

グラスの中には透明な液体。黒っぽい瓶の中身は……よく見えない。

瓶とグラスを受けとると、ルシファーとダイドさんが動いた。

「グラスの中身が『ナカ』で、この瓶の中身が『ソト』っていうんだ。飲み方は……ま、このソトをナカに注ぐだけ。これがポンピーさ」

ダイドさんは無言でルシファーと自分の分を注ぎ、ルシファーは俺の分を注いでくれる。

バルギルドさんとディアムドさんも真似をし、五人のポンピーが完成した。

「じゃ、かんぱーい!!」

「か、かんぱい」

「「「…………」」」

あの、デーモンオーガの皆さん……もっと和気あいあいとしましょうよ。

とりあえずポンピーを飲む。

「…………お」

「美味しいでしょ?」

「ああ。なんだろう……きついブランデーをエールで割ったような味かな」

「ふふ。飲みやすくて酒精もそこそこ強いからすぐに酔える。庶民の味ってやつさ」

なるほど。よく見ると、周りの人たちもポンピーで乾杯している。顔が真っ赤な人もいるし、串焼きを齧ったり煮物を食べたりしている人もいるし、肩を組んで歌い始めた人もいる。

貴族の食事会やパーティーでは見られない光景だ。

「「「…………」」」

というか、デーモンオーガの皆さん、少しは喋ってくれ。

ルシファーは俺に煮込み料理の皿を差し出す。

「ささ、煮物も一緒に」

「あ、ありがとう。これは……豆と肉の煮込みか？」

「うん、あとお芋も。これもまた、庶民の味さ」

肉を食べてみると、甘じょっぱい味がしてハラハラと口の中でほぐれる。お芋も豆も汁の味が染み込んでとても美味しい。

「美味い……なんかいいな、こういう店」

「でしょ？」

ルシファーは得意げに言ってポンピーを飲む。

「仕事柄、会食とかでフルコースを食べる機会が多いんだけど、僕としてはこういう家庭的な味が好きなんだよね……アシュトは？」

「んー、どっちかと言えば俺もかな。とはいえ正直、オーベルシュタインに来る前は勉強勉強で、食事に気を遣ったことはあんまりない。サンドイッチを齧りながら勉強していたくらいだし」

「はは、真面目なんだね」

「……あの頃はそれどころじゃなかったしな」

「へぇ……ねぇアシュト、キミの話を聞かせておくれよ!!」

「ん――……」

ポンピーを一気に飲み干す……うーん、けっこう酔ってきたかも。

「お、いい飲みっぷり。おばちゃーん、ナカおかわりー」

新しいナカをもらい、ソトを注いでポンピーを作る。ついでにバルギルドさんたちも新しいポンピーを飲んでいる。

「で、どうだい？　アシュトの過去に興味あるなぁ」

「……まぁ、大したことじゃないよ」

酔ったせいか、俺はルシファーにこれまでのことを全て話した。

魔法適性が『植物』だったこと、そのせいで父親から見放されたこと、ミュディと兄の婚約を契機に家を出る決意をしたこと。

その他にもエルミナやシエラ様、いろんな種族と出会っていつの間にか村ができたことなどなど……話し終える頃には、またポンピーが空になっていた。

ルシファーは俺をジッと見ながら黙って話を聞いていた。

「なるほど……やっぱりアシュトってすごいね」

「いや、何が？　普通の過去だろ」

「いやぁ……すごく興味深かった。あ、そろそろ店変えよっか。おばちゃーん、お会計よろしくー」

ルシファーはお金を支払う。その間、俺は水を飲んだ。

「村長、あまり無理をするな……」

「ああ。なかなかキツい酒だ。飲みすぎはよくない……」

「いやぁ、すみません。でもこのポンピー、美味しいですよ」

バルギルドさんとディアムドさんが心配してくれる。ダイドさんは……あ、ルシファーの後ろで会計を見守っていた。

「おまたせ。アシュト、まだ飲めるかい？」

「ああ。次はお前の過去を聞かないといけないし。でもポンピーじゃなくて軽い酒が飲みたい……」

「あはは。いいよ、じゃあ次の店に行こっか」

不思議といい気分だった……ポンピー、村でも飲みたいな。

次に訪れたのは、大衆食堂の二階にある座敷だった。
人々は椅子ではなく、カーペットの上に直接座っている。このカーペットがなんとも不思議な素材で、草みたいな香りがして触ってみるとザラザラしていた。
「これ、ワ族っていう部族が作った『タタミ』っていう敷物なんだ」

「タタミ……なんか、いい匂いがするな」

「うん。この辺りじゃ割とポピュラーだよ」

横長の座卓に座る。

バルギルドさん、俺、ディアムドさんと並び、対面にはルシファーとダイドさんだ……いやはや、デーモンオーガの圧がすごい。

俺は普通のエールと、煮物や生野菜、チーズやナッツなどのおつまみを頼んだ。

なんとなくバルギルドさんたちが飲み足りない感じでいる気がしたので、彼らにはルシファーおすすめのブランデーを注文する。

「じゃ、かんぱーい」

「かんぱーい」

「「「………」」」

相変わらず無言の三人。

しばしお酒を堪能する。

「なぁルシファー、お前の話を聞かせてくれよ」

「いいけど、僕はけっこう長生きしているから、何を話せばいいのやら……何か聞きたいことはある？」

「んー……じゃあ、ダイドさんとの出会いとか」

俺は、無言でブランデーを飲むダイドさんを見た。

この無口なデーモンオーガが何者で、ルシファーとどんな出会いをしたのか、気になっていたんだよな。

バルギルドさんとディアムドさんも興味があるのか、チラリとダイドさんを見る。

ルシファーはエールを飲み干して話しだす。

「ダイドとの出会い……ああ、もう二十年くらい前かな？　僕の命を狙ってきた殺し屋のダイドを返り討ちにしたのが始まりだったね」

「え」

「あはは。市長って立場だからさ、けっこう恨まれることもあるんだよ。市民のためを思って実行した政策だけど、どこかで割を食う人は必ずいる。そういう恨みが積み重なり積もりに積もると……爆発。つまり、命を狙われる」

「お、おいおい……」

なんか、酔いが醒めてきた。

「ま、五十年に一度くらいのペースで命を狙われているよ。その度に返り討ちにしているけどね。で、つい二十年ほど前に僕を襲ってきたのがダイドだったのさ」

ルシファーはあっけらかんと言った。というか、命を狙ってきた人をそばに置いているのかよ……何考えてんだ。

「ダイドは今までの殺し屋で一番強かった。あと、襲ってくる殺し屋相手に、いちいち僕が戦うのは面倒だったからそのままダイドを雇ったのさ。おかげで戦う手間が省けて、楽をさせてもらっているよ……まぁ、無口すぎるのが欠点だけどねー」

「………」

ダイドさん、自分のことなのにまるで関心がないようだ。

ルシファーって心が広いというか、器がデカいな。デーモンオーガを返り討ちにするのもすごい。

「お、飲み物がなくなりそうだよ。追加を頼む？」

「ああ、頼む……う〜ん、けっこう酔っているかも」

「あはは。まだまだこれからだよ」

その後、けっこう飲んだような気がするけど……気が付いたらバルギルドさんに背負われていた。

どうやら酔い潰れてしまったようで、次に目を覚ますとディミトリ商会の来賓室だった。

バルギルドさんから水をもらい、一気に飲む。

「あの男が言っていた……『今度は、キミの村で飲もう』とな」

そうだな。ルシファーに奢ってもらったし、お返しはしないとね。

酔いを醒まして、ディミトリのいる執務室へ。ここから俺の村に転移する。
ディミトリは、俺たちを見るなり深々と頭を下げた。
「申し訳ありませんでした」

ああ、俺を騙したことの謝罪か。

「もういいよ。お前が野心溢れる胡散臭い商人だってのはわかっていた。ルシファーの望みを叶えて、自分の顔を覚えてもらおうって魂胆（こんたん）は大成功だな」

「はい。おかげさまで早くもベルゼブブで話題になりまして……この数時間で商会への注文や新規取引がいくつか決まりました」

「やれやれ……」

「アシュト様、ワタクシにできることがあればなんなりと」

「……じゃあ、美味いカーフィーを何袋かくれ。それで許してやる」

「……かしこまりました。当店の最高級品を準備します」

「うん」

すると、今まで黙っていたバルギルドさんとディアムドさんがズイッと前に出た。

「次、村長を陥（おとし）れてみろ……」

「我らは許さんぞ」

「ひっ……はは、はいぃ」

ルシファーの前ではポーカーフェイスのディミトリだったが、ここではその仮面が見事に剥がれて後ずさった……ってか、この二人怖すぎ。

とりあえず、ベルゼブブでの用事は済んだ。

たった数時間なのに、どっと気疲れした……早く帰ろう。

第十七章　文官悪魔のディアーナ

ルシファーとの取引が成立し、村の作業員が増えた。

ベルゼブブの農産物加工商会の従業員はデヴィル族で、全員が黒髪黒目の若い男女たちだ。

彼らは朝、村の農園に転移して、エルミナ指示のもとで作業を行う。

それに伴い、数日かけて農場を拡張した。これによって作物の収穫量も大幅に増え、加工品もよりたくさん作れるように。

そしてルシファーの計らいで、村に文官がやってきた。

村の収穫物や加工品の管理があまりにも杜撰とリザベルに指摘され、それが報告書となってルシファーの耳に入り、よかったら村で働かせてやってくれと三人送り込まれたのだ。

驚いたことに、そのうちの一人はルシファーの妹だった。名前はディアーナ。

長い黒髪と赤目に白い肌、縁なしのメガネをかけた知的美人って感じだ。残りの二人はディアーナの部下らしい。

ディアーナは赴任(ふにん)するなり、メガネをクイッと上げて言った。

「アシュト様。さっそくですが村の帳簿(ちょうぼ)を閲覧(えつらん)させてください」

「ちょ、帳簿？　ええと」

「他にも収穫量の記録や製作品、物資の消費量や日々の記録などの資料があれば、そちらも閲覧許可を」

「あはは……はは」

俺は目を逸らした。

ピクッと、ディアーナの眉が反応する。

そして、俺に詰め寄りながら言った。

「まさか、記録がないとでも仰るのですか？」

「……はい」

「では、これまで行った交易はどのように？」

「その、なんとなくこれくらいかなって感じで。いや、物々交換だから損はしてないかと」

「………………」

「…………え、ええと」

あ、めっちゃ呆れて……いや、怒っている。

この人、ルシファーの妹だって言うけど、雰囲気は似ても似つかないぞ。

「アシュト様。これより村の産業関係の管理は私が行います。よろしいでしょうか」

「は、はい。お願いします」

「ありがとうございます。セレーネ、ヘカテー、さっそく仕事に取りかかります」

「「はい、お嬢様」」

「お嬢様はやめなさい。行くわよ」

ディアーナは、二人の文官を連れて歩きだした。俺も様子を見に、慌てて付いていく。

やる気満々なのはありがたいけど、怖いよ。

最初に向かったのは、エルミナがリーダーを務める加工場だ。

ここでは収穫したセントウを水瓶に入れてセントウ酒にしたり、ワインの仕込みをしたりしている。

加工関係はエルミナに任せていたから、俺もここに来るのはずいぶんと久し振りだ。

エルミナは現場を監督していたが、ディアーナたちと俺に気が付いてこっちへ来た。

「やっほーアシュト、どったの？　あと誰？」

「初めまして。この度、村の文官となりましたディアーナと申します」

「セレーネです」

「ヘカテーです」

「ふーん。私はエルミナ、よろしくね!!」

うーん、エルミナはフレンドリーだ。

ディアーナたちは頭を下げると、すぐに仕事の話を始めた。

「さっそくですが、果樹園と加工場の責任者であるエルミナ様にお話を伺います」

「ん、いーわよ別に。あ、ちょっと待って。セントウ酒の仕込み終わらせちゃうからさ」

エルミナは、収穫したセントウが入った箱が積み上げられているスペースへ。

そこでは、何人ものハイエルフたちがセントウ酒を作っていた。と言っても、水の入った水瓶の中にセントウを入れるだけ。あとは一日置けばセントウ酒が完成する。

そこで、信じられない光景を見た。

「エルミナー、こっちのセントウちょっと小さいんだけどー」

「そう？　じゃあ二、三個合わせて瓶にぶち込んじゃえ」

「こっちはー？」

「ん～、任せるー」

なんだこれ。指示が適当すぎないか？

ハイエルフたちは、エルミナの指示で一つの水瓶の中にセントウを何個もぶち込んでいる。

待て待て、水瓶一つにつきセントウ一個入れればいいんだぞ。

俺はエルミナを呼ぶ。

「おいエルミナ」

「ん？　なーにアシュト？」

「お前、一つの水瓶に何個セントウ入れてる？」

「大体一個よ」

「だ、大体？」

「そ。セントウがちっちゃければ大きいのと一緒に入れるわ。小さいと酒の味が薄くなるに決まっているからね」

「……決まっているって、ちゃんと検証しているんだよな？」

そう聞くと、エルミナはキョトンと首を傾げる。

「つまり、小さいセントウ一個で酒を作ったことはあるんだよな？　それで味が薄くなるとか、酒にならなかったとか……確かめてないのか？」

「そんなめんどくさいこと、するわけないじゃない。カンよカン」

「………………」

このあと検証してわかったが、セントウ酒を作る上で実の大きさは関係なかった。

◇◇◇◇◇◇

数日後。エルミナは果樹園の責任者を解雇された。

「うううっ……ひっぐ、酷い、解雇なんて酷いよぉ～っ!!」

「いや、擁護できねぇよ」

診察室にやってくるなり、べそをかきだすエルミナ。

実験も実証もせず、己のカンで無駄にセントウを消費したのだ。そりゃ辞めさせられるだろ。

ちなみに解雇はディアーナの指示で、俺が許可を出した。

各部門の責任者には少しだけ多く酒を渡していたのだが、解雇となったエルミナはその恩恵も失った。こいつが泣いているのは、もらえる酒が減ったからである。

セントウ酒の生産量はというと、エルミナを解雇したことで一気に倍以上に増えた。

そりゃそうだ。水瓶一つに対してセントウ一個入れればいいんだからな。

なお、果樹園の新しい責任者はメージュだ。

さて、ここ数日でディアーナたちは多くの仕事をした。

まず、三人で手分けして村の収穫量や生産物の数字をまとめ、報告書の作成を始めた。

取引先のハイエルフの里やブラックモールの里、ワーウルフ族の村へ送る交易品をチェックし、村に運ばれてくる品も徹底的にチェックする。

また、彼女たちは空き家の一つを村の収穫管理所にした。

一階を事務所、二階を資料室にして村のデータを管理する。さすがというか、とんでもない手際のよさだった。

ディアーナたち自身は、管理所の近くにある空き家を使い、三人で住んでいるようだ。

事務関係はディアーナたちにお任せだ。

「ううう っ……セントウ酒ぅぅ〜〜っ」

エルミナがまた泣きだした。

「はぁわかったわかった。俺の分を少しやるから」

「ほんとっ!?」

「ああ。まったくもう、ちゃんと反省しろよ」

「うんうん、するするっ!!」

さーて、喜ぶエルミナのために、セントウ酒を用意してやりますか。

第十八章　ミュアちゃんのお母さん

村の生産管理が一気に安定した。これもディアーナ率いる文官たちのおかげだ。

細かい書類を見る機会が増えたけど、基本的に俺のやることに変化はない。

薬師としての仕事や温室の世話、フレキくんの指導、住人の要望を聞き、たまに子供たちと遊ぶ。

王国で暮らしていた時よりも、今の方が遥かに充実している。

こんな暮らしがいつまでも続いていく。これぞ完璧なスローライフだ。

そんなある日。

フレキくんの指導は休みで、一人診察室で薬の調合を行っていると、ふと喉が乾いた。

水を飲もうとキッチンへ向かうと、リビングで編み物をしているシルメリアさんと、彼女の太ももを枕にして眠るミュアちゃんがいた。

「ご主人様」

「ああいいよ、ちょっと水を飲みに来ただけだから」

立ち上がろうとするシルメリアさんに言い、冷蔵庫の中にあるスライム瓶に入っていた水を飲む。

シェリーが冷蔵庫の内壁を凍らせているので、とてもよく冷えている。おかげで、ただの水でも冷たくて美味い。

「ふぅ」

シルメリアさんを見ると、ミュアちゃんの頭を優しく撫でていた。なんとも絵になる光景だ。

俺はなんとなく、二人に近付く。

ミュアちゃんは、とても気持ちよさげに眠っていた。これなら普通に話しても起きないだろう。

「よく寝ていますね、ミュアちゃん」

「ええ。お昼を食べたら寝てしまいました。ライラやマンドレイクたちは遊びに出ましたが、ミュアだけは起きませんでした」

「疲れているのかな？」

「さぁ、どうでしょう？」

ミュアちゃんの頭を撫でるシルメリアさんの手付きは、どこまでも優しい。

その時、俺は急に思った。

そういえば俺、この人たちのことをほとんど知らない。

初めは、メージュたちが連れてきたんだよな。主がいないと死ぬだけだと言われ、仕方なしに俺が主人となった。

それから彼女たちは、今日まで当たり前のように尽くしてくれている。

銀猫族は五十人。今更だけど、彼女たちの年齢はバラバラだ。

最年少はミュアちゃんで間違いないが、ミュアちゃんより上の子は十六歳くらいで、シルメリアさんは二十歳くらいにしか見えない。本当に不思議な種族だ。

「そういえば、ミュアちゃんの両親って？」

「ミュアの両親は以前のご主人様と、一人の銀猫です」

「え……」

なんとなく、重い話になる予感がした。

「ご主人様は、銀猫族のことをよく知らないみたいですね」

「い、いやぁ……ははは」

「ふふ。では、よい機会なのでご説明します」

シルメリアさんは、ミュアちゃんをナデナデしながら話し始めた。

「銀猫族とは、自分たちが認めた主に付き従う種族です」

「つまり、今は俺ですよね？」

「はい。我々は主に生涯尽くすことを至上の喜びとしています。そして理由は不明ですが、我々の寿命は主に依存します。主が亡くなれば私たちは長く保たず死に、主ある限り我々も死ぬことはありません」

「え、マジですか⁉　す、すごいけど、どうなってんだ？」

つまり、シルメリアさんたちは俺が死なない限りずっと生きて世話してくれるのか。

「我々は、主から種をもらい子をなします。獣人だろうと人間だろうと亜人だろうと、銀猫族と交われば生まれてくるのは銀猫の雌です。銀猫族は、女性だけの種族なのです」

「……………」

こ、コメントしづれぇ。

とりあえず黙って話の続きを聞く。

「以前の主はとても変わり者で、たった一人の銀猫だけを愛し、それ以外の銀猫たちは妹のように可愛がってくれました」

「……………」

シルメリアさんの表情が、寂しげなものに変わった。

「以前の主に愛された一人の銀猫から生まれたのがミュアです。この子は、その主とともに眠りについた、私の姉の子供」

「え」

「私の姉は、老衰で亡くなった前の主と一緒に亡くなりました。私にミュアを託し、この子を立派な銀猫にしてほしいと願いながら」

銀猫族は新しい主を見つければ生き延びられるが、ミュアちゃんのお母さんは以前の主が亡くなると、新しい主を探す間もなく亡くなったそうだ。まるですぐにあとを追うかのように。

「以前の主と私の姉を埋葬したあと、途方に暮れていたところをメージュ様に拾っていただき、ご主人様と出会えました」

「なるほど……」

「我々銀猫族は新しい主を見つけると、以前の主の記憶が少しずつ薄れていきます。今はもう、顔もよく思い出せません」

「…………」

「でも、この子は……ミュアは、以前の主と姉が生きた証。姉との約束を守るために、立派に育ててみせます」

するとミュアちゃんのネコ耳がピコピコ動いて目を開けた。

「むにゃあ……ふにゃぁ、あれ？　ご主人さま？」

「おはよう、ミュアちゃん」

「にゃあう」

「っと、ほらほら、寝ぼけないの」

ミュアちゃんは、シルメリアさんから離れると俺にじゃれついてきた。頭をナデナデしてネコ耳をカリカリすると、トローンとしてしまう。

すると、今度は俺の太ももの上で眠ってしまった。

「シルメリアさん」

「はい？」

「今度、お墓参りに行きましょう」

「え……？」

「大事なことは、忘れちゃ駄目です。お姉さんに、ミュアちゃんが元気でいることを教えてあげないと。もちろん、以前の主……お父さんにも」

「……はい」

シルメリアさんは、目元に浮かんでいた涙を拭って微笑んだ。

◇◇◇◇◇

数日後、シルメリアさんとキリンジくんとノーマちゃんと一緒に、かつて銀猫族たちが住んでいたという場所へ向かった。キリンジくんたちは護衛だ。

「お、ここか」

そこは、小さな泉がある広場だった。

崩れた小屋があり、周囲にはテントのようなものが散らばっている。泉が澄んでいるから、どこかの川に繋がっているのかもしれない。

「あのテントに私たちは住んでいました。小屋には主と姉さんが住んでいて、主は『いつか大きな家を建てる』と豪語していたような気がします」

寂しげに語るシルメリアさん。

そして、崩れた小屋の裏に、小さな墓石が二つ並んでいた。

どうやら、ここに埋葬されたらしい。

「……これか」

「……姉さん」

花と、セントウ酒を墓に供えた。

キリンジくんとノーマちゃんには、ある程度の事情を話している。二人は何も言わず墓の前で黙祷(もくとう)した。

俺はみんなに向かって言う。

「決めた、ここを綺麗に整備しよう。シルメリアさんたちがいつでも来られるように、花いっぱいにしてさ」

「ご主人様……はい」

「オレも手伝うよ」

「あたしも!!」

俺たちはまず、壊れたテントや崩れた小屋を全て撤去した。

村からここまでの道を『樹木移動(ツリームーヴ)』で整備し、墓石を立派なものに変え、周りを柵(さく)で囲う。

墓石には、それぞれの名前を彫(ほ)ることにした。

「シルメリアさん、二人の名前を」

「アルドと、ルナです」

墓石に名を彫り、改めて花と酒を供える。

そして最後。俺は杖を抜いて『緑龍の知識書（ムルシエラゴ・グリモワール）』を開く。

＊＊＊＊＊＊＊＊＊＊＊＊＊＊＊＊＊＊＊＊＊＊＊＊

「植物魔法・応用」
○愛と平和の花園（ラブアンドピース・ガーデン）
花は見る者を癒やし、眠る者に捧げられる。

美しき花園（はなぞの）は、きっと永遠に咲き誇る。

植物魔法はきっと、こういうことに使うのが正しいのかも♪

＊＊＊＊＊＊＊＊＊＊＊＊＊＊＊＊＊＊＊＊＊＊＊＊

俺は、軽いノリながらも優しい説明文に苦笑した。

シエラ様らしいというか、なんというか。

「ゴホン……咲き誇るは永遠の花園、無垢（むく）なる花よ輝け、生きる者たちへ、死者への弔（とむら）い……『愛と平和の花園（ラブアンドピース・ガーデン）』」

詠唱すると、杖から一滴の雫（しずく）が落ちた。

雫は瞬（またた）く間に大地に浸透する。そしてゆっくりと大地から芽が出て、蕾（つぼみ）になり、花が咲き、一帯が純白の花畑へと変貌した。

「……っ」

「すごい……」

「うん、さすが村長ね……」

シルメリアさん、キリンジくん、ノーマちゃんが驚いている。

かつて暮らした場所が、こんなにも美しくなった。シルメリアさんは感動したのか、口元を押さえて震えていた。

純白の花畑は、これから永遠に二人を守るだろう。

「シルメリアさん、また今度銀猫たちとミュアちゃんを連れて、みんなでお墓参りに来ましょう」

「はいっ……」

これからは、いつでも来られる。

銀猫たちは喜んでくれるだろうか。

帰ったら彼女たちに話して、お墓参りに来よう。

「じゃ、帰ろうか」

「はい、ご主人様」

身体を動かしたからいくらか疲れた。

帰ったら、シルメリアさんに美味しいカーフィーを淹れてもらおう。

キリンジくんとノーマちゃんが先行し、シルメリアさんが続く。俺が最後尾に付いた時だった。

『——ありがとう』

『——ミュアをよろしくね』

ふと、風に乗って声が聞こえた。

「……え？」

振り返ると……墓の前に誰かがいた。

優しそうな男性と、大人になったミュアちゃんみたいな――

「ご主人様？」

「っと、え？　あれ？」

シルメリアさんに呼ばれて振り返り、もう一度墓を見たら、そこには誰もいなかった。

「村長、早く帰ろう!!」

「早く早くーっ!!」

「行きましょう、ご主人様」

「……うん」

不思議と嬉しい気持ちになり、俺は再び歩きだした。

第十九章　花妖精（ハイピクシー）の分裂

『ねぇアシュト、お散歩に行きましょ!!』

ある晴れた日の診察室。

俺の肩で、妖精サイズに作ってもらったドーナツを食べながら、ハイピクシーのフィルことフィルハモニカが言った。

ちなみに、妖精サイズのドーナツには『花妖精の蜜（フェアリーシロップ）』が入っている。ミュディのお手製で、ハイピクシーたちから大好評のお菓子だ。

「散歩？　なんでまた」

『別にいいでしょ!!　最近、アシュトと遊んでないし』

「そうだなぁ」

最近、仕事が増えて、子供たちやハイピクシーたちと遊んでいない。

子供たちは俺がいなくてもみんなで仲良く遊ぶけど、長時間子供たちに付いていくのは、小さなフィルたちには難しかった。ミュアちゃんたちは元気すぎるからな。

「散歩か。どこへ行きたい？」

『そうね……ちょっと遠いけど、わたしたちがよく遊んだ水辺に行きたいわ』

「水辺？　アスレチックがある場所か？」

『違うわ。そことは別の場所よ。たーっくさんのお花が咲いていて、とっても気持ちいいんだから』

「へぇ～……じゃあ、みんなを誘って……」

『ダメ!!　アシュトとわたしたちだけで行くの!!』

「いててて!?　こらフィル、耳を引っ張るな」

フィルが、俺の耳を引っ張って抗議する。

『それに、そろそろ分裂の時期だから、マナの豊富な花畑に行かなくちゃいけないの』

「分裂？　そうか。ハイピクシーは分裂で増えるんだっけ」

『そうよ。分裂ってけっこう面倒くさいのよ。わたしも経験あるけど、分裂した子たちは別の群れを作るからね。わたしたちだって、分裂した子が集まった群れなのよ』

「へぇ～……」

分裂。分裂かぁ。

手のひらサイズのハイピクシーが、どうやって増えるのか興味ある。

『ねぇアシュト。花畑に行きましょう。せっかくだしアシュトに分裂を見てもらいたいの』

「ああ、わかった」

こうして、ハイピクシーたちの分裂に立ち会うことになった。

翌日の早朝。

シルメリアさんだけに行き先を伝え、俺とハイピクシー総勢三十人は村を出た。

俺とハイピクシーだけで遠出するなんて、ミュディたちに知られたらきっと危ないって言われるだろう。

少し罪悪感はあるが、あとで怒られよう。それに、ハイピクシーの分裂なんて興味ありまくりだ。

さて、フィルたちの目指す花畑はけっこう遠く、さすがに護衛なしで歩くのは怖い。

こんな時は、アレを使うしかない。

「テレレテッテテ〜ッ!!　『緑龍の知識書』〜〜っ!!」

『『『『おぉぉ〜〜〜っ!!』』』』

ハイピクシーたちもノッてくれた。

ではでは、さっそくページをめくる。

花畑まで安全に行ける魔法は……

＊＊＊＊＊＊＊＊＊＊＊＊＊＊＊＊＊＊＊＊＊＊＊＊＊

「植物魔法・召喚」
○樹王フンババ
**　樹木の化身である木の巨人ちゃん!!**

**　とっても強くて優しい子よ♪　喚んだら仲良くしてあげてね♪**

＊＊＊＊＊＊＊＊＊＊＊＊＊＊＊＊＊＊＊＊＊＊＊＊＊

こ、これはまた怖そうだ……

樹王か……でも、優しいって書いてあるし。

「よし、召喚してみるか」

俺はこの本に何度も救われた。今更、疑いはしない。

杖を抜き、本のページを見ながら詠唱する。

「森の王よ、緑龍ムルシエラゴの名のもとに顕現せよ。我が名はアシュト、緑龍の眷属にして緑の眷属なり!!　来たれ、樹王フンババ!!」

詠唱が終わると、地面から何本もの根っこが生えてきた。

根っこが互いに巻きつき、巨大化する。

まるで人のような形になるが……不格好だな。お腹がポッコリ出ており、腕は長く太くて足は短い。目や口はあるが空洞で、鼻が長かった。頭にはふっさふさの葉っぱが生えている。

というか……デカい。五メートルはあるぞ。

『オラ、フンババ、アシュト、オラノ、トモダチ』

「うおっ」

喋った……いや、ウッドも喋るしな。うんうん、驚くなよ俺。

ハイピクシーたちには意外にも好印象だったらしく、フンババの周りをクルクル飛んでいる。

フィルが俺の肩に座り、足をパタパタさせる。

『へぇ、優しい顔しているじゃない』

「そ、そうか?　よくわからんけど」

『アシュト、オラ、ナニスレバ、イイ?』

「あ、ええと……これからフィルたちと一緒に花畑まで行くんだ。フンババには、そこまでの護衛をしてほしい」

『ワカッタ、アシュト、マモル、アシュト、ノッテ』

フンババは、デカい手を俺に差し出す。

「え……ああ、乗っていいのか？」

手に乗ると、そのまま俺を頭の上に座らせた。

「うお、すっげぇいい座り心地……」

フンババの頭の上は、魔犬族が作ったクッションのようにフカフカだった。

フィルは俺の肩から降り、フンババの眼前でホバリングする。

『じゃあ案内するわ。付いてきて‼』

『ワカッタ』

フィルが飛んでいくと、フンババはズズン、ズズンと、意外にもテンポよく歩きだした。乗り心地もセンティよりいい。

樹王フンババか……こりゃいい仲間ができた。

フンババの歩くスピードはなかなか速く、運よく魔獣も出なかった。

そして歩くこと一時間。目的地である花畑へ到着した。

カラフルな花が咲き、日当たりも抜群。チョロチョロと小川も流れている。そこは最高に美しい場所だった。

「うわぁ……すげぇ」

『でしょ？　昔はここに住んでいたの。マナは豊富だし、お花もいっぱい咲いているし』

「へぇ〜……ん？　見たところ綺麗な場所だけど、なんでここを引っ越したんだ？」

『別にここに住んでもいいけど、たまには別の場所に住んでみたくなることもあるじゃない？』

「そんなもんか？」

フィルは俺の周りをクルクル飛び、顔の前に来た。

『じゃあこれから分裂するから、見ててね』

「あ、ああ。フンババ、降ろしてくれ」

『ワカッタ』

フンババの頭の上から地上に降りる。

「フンババ、お前はこの辺りを警戒してくれ。頼んだぞ」

『マカセロー』

うーん。素直で可愛いじゃん。

ウッドのいい友達になりそうだ。

フンババがゆっくりと森へ向かうと、フィルがハイピクシーたちに向けて言った。

『みんな、今日は百年ぶりの分裂!! 新しいお友達ができる日よ!!』

『『『『おぉ～～っ!!』』』』

『じゃ、みんな始めるよーーーっ!!』

ハイピクシーたちは散り散りになり、花畑の周りを飛ぶと、ゆっくり地面に着地した。

フィルも俺の近くの花畑に着地し、両手を組んで祈るような姿になる。

するとハイピクシーたちの身体が、淡い光に包まれて輝き始めた。

「な、なんだ……フィルたちの身体が、光っている？」

ボゥ……ボゥと、淡く明滅しながらも、フィルたちは目を閉じて祈りのポーズを崩さない。

そして、フィルたちの姿が変わっていく。

「うっそ……なんだこの光景」

身体がムクムクと大きくなったのである。

手のひらサイズだったフィルが、俺と同い年くらいの女性の体格になった。

フィルの全身を包んでいた輝きは強くなり、その光がゆっくりと両手に集まる。

その時フィルはゆっくりと目を開け、両手を開いた。

『おはよう、わたし』

開かれた両手には、小さな妖精がいた。

金色のショートヘアに、薄いピンクのドレスを着ている。背中には妖精の象徴である、蝶のような透き通った羽が生えていた。

『ふぁ～んん、おはよう、わたし』
『おはよう。あなたに名前をあげる。名前はベルメリーア』
『わたしはベルメリーア』
『わたしはフィルハモニカ』
『ありがとう、フィルハモニカ』
フィルから分裂した妖精ベルメリーアは、フィルの手からゆっくりと飛び立つ。
周りを見ると、同じような光景が広がっていた。
分裂した新たな妖精たちは集まり、一つの群れを作る。
不思議と、群れの中心はベルメリーアになっていた。
『行こう、美味しいマナを探しに』
ベルメリーアを中心とした群れは、飛び去った。
声が出ないくらい、神秘的な光景だった。
『あーおわった。よいしょっと』
ポンッと軽い音を立て、フィルはいつもの妖精サイズに戻った。
もう、何から聞けばいいのやら。
『どうだった？　人間がわたしたちの分裂を見るのは初めてかも』
「いや、なんというか……すごかった」
『えへへ～、じゃあ百年後も見せてあげる』

「あ、ありがとう」

うん、今の俺なら不可能じゃないな。

「なぁ、分裂したハイピクシーたちは？」

『さぁね。美味しいマナがある場所を探しに行ったわ。もしかしたらどこかでまた出会えるかも』

「そっか」

なんとなく、寂しい気持ちになった。

あのハイピクシーたちは、これから長い間旅をするんだろう。

『はぁ〜……お腹減ったわ。アシュト、村に帰ってご飯にしよっ』

「そうだな」

すると、フンババがゆっくり歩いてきた。

「ちょうどいいや。フンババ、家に帰ろうか」

『ワカッタ。アシュト、ノッテ』

「ああ、頼む」

フンババの頭に乗り、花畑をあとにした。

妖精たちの分裂か……貴重なものを見られたな。

村に帰った俺は、勝手に外出したことがミュディたちにバレてこっぴどく叱られた。

だが、のっそりと現れたフンババにみんなが驚いて、説教はうやむやになって終わったのだった。

フンババは、このまま村の門番として働くことになった。

普段は村の入口に座り、頭に止まる鳥やじゃれつく子供たちの相手をしている。表情があまり変わらないからわかりにくいが、楽しんでいると思う。

さて、妖精の分裂があった翌日の朝、俺はとんでもない光景を目にする。

それはマンドレイク、アルラウネ、フレキくん、俺の肩に座るフィルと一緒に温室の手入れに向かった時のこと。

『はぁ……マナ、美味しい』

「え」

ユグドラシルの上に、めっちゃ見覚えのあるハイピクシーたちがいた。

あれ、フィルから分裂したハイピクシーの、ベルメリーアだよな？

というか、あの時に分裂したハイピクシーの群れが、ユグドラシルに止まっている。どうやらマナを吸っているようだけど。

『ちょ、ちょよっとちょよっと!!　なんでここにいるのよーっ!!』

『あ、フィルハモニカ。やっほー』

『やっほー、じゃないい!!　なんでここにいるのよっ!!』

『美味しいマナを探してたら、ここに着いた』

『た、確かに美味しいけど』

『わたしたち、ここに住むことにした。よろしくね』

『えええええっ!?』

こうして、村にハイピクシーが三十人ほど増えた。

まさか、分裂して一日で再会するとは思わなかった。

「し、師匠、何がどうなって」

「……俺にもわからん」

「まんどれーいく」

「あるらうねー」

『きゃんきゃんっ!!』

……とりあえず、ハイピクシーたちの家を増やさないとな。

第二十章　村長湯は混浴じゃありません!!

「はぁ～～～～～～～最高」

数日後の夜。

俺は一人でゆっくりと『ロテンブロ』を堪能していた。

ロテンブロとは、村民浴場の外に作られた新しい風呂だ。今は俺の貸し切り状態。

掘った地面に、岩の魔獣ガーゴイルの表皮から引っ剥がした岩を加工して敷き詰め、湯船にしている。

浴槽の外には岩のタイルを敷き、仕切り代わりとして生垣を植えてある。雨が降っても平気なように東屋も建てていた。設備はバッチリだ。

計画を聞いた当初はなんで浴場を外に作るんだ？　なんて考えたが、理由はすぐにわかった。

夜空を見上げ、外の空気を吸い込みながら入る風呂は、格別だったからだ。

この計画を立案した、エルダードワーフのフロズキーさんはさすがだ。

フロズキーさんは前にこう言ってたっけ。

『この村ではオレの考えた風呂を自由に作れる。見てろよ村長、村の浴場はまだまだ発展するぞ!!』

つまり、このロテンブロは、フロズキーさんのたくさんある案の一つに過ぎない。一体次はどんな風呂が出来上がるのやら。

「…………はぁ」

空には無数の星が瞬いている。

お湯に浸かっているので身体は温かいが、顔に当たる風は少し冷たい。この冷たさがとても心地よかった。

「いいお湯ねぇ～♪」

「ええ」

隣にいるシエラ様も、のんびりと湯に浸かっている。

さて、もう少しだけ星空を堪能させてもらう……え？

「………」

「はぁい♪」

いつの間にか、俺の横に全裸のシエラ様がいた。

この人は毎度毎度、突然どこからともなく現れるのだ。

俺はシエラ様から目を逸らし、小声で言う。

「お久し振りです、シエラ様」

「あら？　驚かせようと思ったのにぃ♪」

「驚いていますよ!!　相変わらず神出鬼没なんだから……ところで最近姿を見かけませんでしたね」

「うふふ。ちょ～っとお出かけしてたの♪」

「お出かけ？」

「うん。昔のお友達に会いにね♪」

「へ、へぇ～」

シエラ様の昔のお友達？

以前、村に神話七龍の一体である焱龍(えんりゅう)ヴォルカヌス様が来たことを思い出す。

……まさか、他の神話七龍とかじゃないだろうな。いや、今は眠っているらしいから違うか。

そんなことを思っていると、シエラ様がニコニコとしながら口を開く。

「ふふふ♪　アシュトくん、ニュクスの眷属に会ったわよね？」

「ニュクス……ああ、ルシファーですか」

「ニュクスも起きたわよ♪」

「え？」

「というか起こしちゃった♪　ニュクスだけじゃなくて、他の神話七龍も起こして回ってきたの」

「は？」

つまり、神話七龍全員が復活したってことか……？

嫌な予感がしてきた俺に構わず、シエラ様は言葉を続ける。

「ヴォルカヌスは自分で起きたけど、他のみんなはまだ寝ていたからね〜。今度みんなでお茶をする予定なの♪」

「お茶って……ち、ちなみに、どこでですか……？」

「もちろん、ここ♪」

……嘘だろ？

翌日。再び俺はロテンブロでの～んびりしていた。

シエラ様の発言にはビビったが、お茶会は『今度』だと言っていた。ドラゴンにとっての『今度』がいつかは知らないけど、数日単位の話ではなさそうだ。

さて、今日の俺は一人ではない。子供たちがあとから入ってきたのである。

「にゃう～～っ!!　おふろだーいぶっ!!」

「わぅーんっ!!」

ミュアちゃんとライラちゃんがロテンブロに飛び込んできて、ドッパァァアンとお湯が跳ねる。

「まんどれーいく」

「あるらうねー」

マンドレイクとアルラウネは、ロテンブロの敷地内にある休憩用椅子に座って風を浴びていた。

まぁ、この子たちはいいのだが……

「こら二人とも!!　浴槽に飛び込んじゃダメー!!」

いや、クララベルはマズいだろ。

当たり前のように一緒に入ってきた。いや、子供たちの引率役だってのはわかるんだけどさ。

問題なのは、クララベルが一糸纏わぬ姿ということだ。

クララベルは子供っぽいが十七歳。

年頃のはずだが、見られても恥ずかしくないのか、タオルで隠そうともせずに子供たちの面倒を見ている。

クララベルは浴槽に入ってミュアちゃんを捕まえ、俺に話しかけてきた。

「お兄ちゃんごめんね。濡れた？」

「だだ、大丈夫大丈夫。こっち見なくていい」

「どうしたの？」

俺がそっぽを向いて返事すると、クララベルは不思議そうに言う。

その時、ライラちゃんがこちらに抱きついてきた。

「わぅん。お兄ちゃんナデナデして」

「はいよ。よーしよーし」

「くぅぅん」

ライラちゃんをナデナデしたら、目を細めて気持ちよさげにする。

イヌ耳がピコピコ動き、お湯の中で尻尾も揺れていた。

「にゃあ、わたしもナデナデー」

「ミュアはわたしがナデナデしてあげる。ほれほれ〜」

「にゃぁぅぅん……ごろごろ」

クララベルにナデナデされ、ミュアちゃんの喉が鳴る。

二人が大人しくなると、マンドレイクとアルラウネも湯船に浸かってきた。

しばし、六人でゆっくりとロテンブロを堪能する。

「にゃう、あがるー」

「わぅぅ、わたしも」

「まんどれーいく」

「あるらうねー」

十分ほどで子供たちがザバッと立ち上がった。

それに続いてクララベルも立ち上がり、俺の前に立つ。

「わたしも上がる。お兄ちゃんは？」

「ぶっ……お、俺はもうちょい」

「そう？　じゃあさ、休憩室にある冷蔵庫のジュース飲んでいい？」

「い、いいぞ」

「うん。ありがとー!!」

クララベルは子供たちと一緒に脱衣所に向かった。

モロに見てしまった……ほんと、恥ずかしくないのかね。

「はぁ……俺も上がろ」

クララベルたちが服を着終える頃を見計らって、俺も湯船を出た。

身体を拭いて脱衣所で服を来て、みんなと一緒に休憩室でジュースを飲んで一休みする。

そのまま帰ろうと村民浴場入口のノレンを潜ったら、風呂上がりのミュディ、ローレライ、シェリーの三人と会ってしまった。全員、ある意味でこの場では会いたくなかった相手だ。

「あ、アシュト」

「アシュト、あなたもお風呂上がりかしら？」

「……お兄ちゃん？」

「よ、よう」

すると、シェリーがこちらを見て静かに聞いてくる。

「……お兄ちゃん、子供たちは置いといて……なんでクララベルまで一緒に出てきたの？」

「い、いやその」

「一緒にお風呂に入ったからだよ？　ねーお兄ちゃん!!」

「ちょ……」

クララベルが、俺の腕に抱きついた。

「アシュト、どういうことかな？」

「ねぇアシュト？　私の妹の年齢は知っているはずよね？」

「お兄ちゃん……説明してくれない？」

ヤバい、なんか三人から怖いオーラが出てる!!

「い、いや……クララベルがいつの間にか入ってきて、その」

うう、なんでこんなことに。

その時、空気がよくわかっていない様子のクララベルが、眩しい笑顔で話しかけてくる。

「お兄ちゃん、また一緒に入ろうねっ♪」

「んなっ!? だ、ダメダメ!! アンタは妹じゃないんだから絶対にダメ!!」

ズイッと俺とクララベルの間に割って入り、反対するシェリー。

「いーやっ!! わたしお兄ちゃんとお風呂入るも〜ん」

「ダメっつってんでしょーが!!」

「や〜だっ!!」

シェリーとクララベルがギャーギャーワーワーと騒ぎだした。

「ねぇアシュト、クララベルちゃんとお風呂、楽しかった?」

「アシュト、妹の肌は綺麗だったかしら?」

「ひっ——!?」

ジリジリと、ミュディとローレライに詰め寄られる。

ああ、俺はどうなってしまうのか。風呂上がりだったのに背中が冷や汗でびっしょりだ。

子供たちは、いつの間にかいなくなっていた。

第二十一章　ルシファーの訪問

ある晴れた日の朝。

朝食後のカーフィーを飲み終え、診察室で薬品調合でもしようと立ち上がった時だ。

コンコンと、自宅のドアがノックされた。

シルメリアさんは出かけていたので、俺がドアを開ける。

「や、アシュト」

「は？」

するとそこには、ベルゼブブ市長ルシファーが、屈託(くったく)のない笑みを浮かべて立っていた。

「ル、ルシファー、市長？」

「ははは、ルシファーでいいよ。それより、お邪魔していいかな？」

「お、おお。あ、いや、はい」

「敬語もナシで。ふふ、前は途中から普通に話していたじゃないか」

「……確かに」

……まぁ、この男の前ではありのままの姿でいた方がいい気がする。

「わかった。とりあえずどうぞ」

「ありがとう」

「それと……」

ルシファーの後ろには、ピッシリした服装をしているデーモンオーガの男性がいた。

確か名前はダイド、だったよな。

「ああ、ダイドは気にしなくていいよ。キミも知っての通り、彼は無口でね」

「そ、そうか」

家の中に案内し、カーフィーではなく紅茶を淹れる。

最近はカーフィーにハマっているが、銀猫たちが栽培した紅茶はどれも絶品だ。関係ない話だけど、シエラ様は『リョク茶』という緑色のお茶をよく飲んでいるな。

用意したカップは三つ。二つをルシファーの前に出すと、ルシファーは苦笑しつつダイドさんにカップを渡す。

「で、何か用事か？」

「つれないな。取引相手の村の視察に来ただけじゃないか。妹もいるしね」

「妹……ディアーナか」

「うん。ちなみに彼女も僕と同じニュクス様の眷属だよ」

「え、そうなのか？」

「うん。僕たちがディアボロス族なのに白い肌なのは、ニュクス様の加護を受けた証なんだ。ちなみに、僕たち以外の眷属に会ったのはアシュトが初めてだね」

知らなかった。

ディアーナは優秀だから、彼女の頭脳が兄貴のベルゼブブ作りの助けになったのは間違いない。

そんなブレインをこの村に寄越してくれるなんて、改めてこいつには感謝しないとな。

「さ、アシュト。さっそく村を案内しておくれよ」

「いいけど。ベルゼブブと違って地味だから、あまり面白くないと思うぞ」

「そんなことないさ!!　図書館に浴場、アスレチックなんてのもあるんだろう？　魔獣の解体とかも見てみたいなぁ!!」

「お、おう」

ルシファーは、子供っぽく興奮していた。

◇◇◇◇◇

というわけで、ルシファーとダイドさんを連れて村を歩く。

すると、いきなり子供たちが群れでやってきた。

「うにゃ、ご主人さまだ!!」

「わぅ？　知らない人つれてるー!!」

「まんどれーいく」

「あるらうねー」

「もう、失礼なことを言っちゃダメですよ!!」

ミュアちゃん、ライラちゃん、マンドレイク、アルラウネ、そしてアセナちゃんだ。

俺たちの前で立ち止まり、可愛らしい尻尾をブンブン振っている。

ちなみにアセナちゃん、ミュアちゃんたちと一緒の時はオオカミ耳と尻尾を出すことにしたようだ。可愛いね。

ルシファーが屈んで子供たちに目線を合わせ、挨拶する。

「こんにちは。元気いっぱいの少女たち」

「「「こんにちはー!!」」」

「まんどれーいく!!」

「あるらうねー!!」

「ふふ、可愛らしくていいね。よしよし」

「にゃぉん……きもちいい」

ミュアちゃんの頭をナデナデするルシファー。

ミュアちゃんも特に嫌がらず、気持ちよさそうにしていた。

ひとしきり撫でると、ルシファーは指パッチンをする。

すると、どこからともなく大きなバスケットが現れた。

「さぁ、みんなで食べなよ。ベルゼブブで作られた美味しいお菓子だ」

バスケットにはキラキラした飴玉やクッキーやチコレート、他にもディミトリの店でも見たことがないお菓子がたくさん詰まっていた。

「にゃあ!!　すごーい!!」

「わぅん!!　おいしそう!!」

「あ、あの、よろしいのですか？」

「ああ。みんなで仲良く分けてね」

「まんどれーいく!!」

「あるらうねー!!」

アセナちゃんがバスケットを受け取ると、子供たちは走り去った。

去り際に、お菓子パーティーをすると言っていた。あれだけあれば、みんなお腹いっぱいになるだろう。

「ルシファー、ありがとな」

「いいさ、子供たちは宝だからね」

ルシファーはさわやかな笑顔で言った。意外と子供好きなのかね？

引き続き、ルシファーを連れて村を回る。

ルシファーは図書館の広さと蔵書の多さに驚き、浴場の豪華さに驚き、アスレチックに感動し、剥いたセントウの実を食べて感動していた。

村を歩いている最中、ルシファーはずっと子供のように笑っていた。

途中でミュディが作ったドーナツをもらい、俺たちは村の公園で休憩を取ることにする。

「すごい、すごいよアシュト!!　この村はまるでオモチャ箱のようだ!!」

ベンチに座り、ドーナツをパクパク食べながらルシファーが言った。

「楽しそうで何より。それより、ドーナツの味はどうだ？」

「すっごく美味しいよ!!　これ、ベルゼブブで商売できるんじゃないかな？」

「はは、その時はぜひ頼む」

ルシファーは笑顔で頷いたあと、急に真剣な顔つきになる。

「ねぇアシュト、お願いがあるんだ」

「お願い？」

「そんな物騒なことじゃないよ。この村に、僕の別荘を建ててほしいんだ。ここは素晴らしい村だ、ぜひ休暇をここで過ごしたい」

「まぁ……そのくらいなら、別にいいけど」

「ホントかい!?　ありがとう!!」

なんか、本当に嬉しそうだな。

ルシファーの後ろに立つダイドさんは何も言わない。この人、案内中に一言も発さなかったな。もう少し喋ればいいのに。

「さて、次はどこへ連れていってくれるんだい？」

「あとは解体場くらいかな。デーモンオーガの二家族が取り仕切っているんだ」

「デーモンオーガかぁ、アシュトの護衛を務めていた？」

「ああ。二人には奥さんと子供もいるよ。せっかくだし会っていくか？」

「そうだね。ダイドもそれでいいよね？」

「…………」

ダイドさんは、小さく頭を下げた。

というわけで、公園を出て解体場へ。

解体場では、バルギルドさんとディアムドさんが巨大ワニを解体している最中だった。

二人の横で、シンハくんとエイラちゃんが、ワニの頭から出てきた緑色の宝石みたいな結晶を太陽に透かして遊んでいる。

キリンジくんとノーマちゃんはもう一頭のワニを解体していた。

エマさんとアーモさんは姿が見えなかった。

バルギルドさんとディアムドさんがこちらに気が付き、解体の手を止める。

「む、村長か」

「そちらは確か」

「ええと、ルシファーとダイドさんです。今日は村の視察に」

「…………そうか」

「ゆっくりしていけ」

短く言って、二人は解体を続行。

この人たちも大概無口だよな。ダイドさんのことは気にならないのかね？

ルシファーは解体されたワニを見て、目をキラキラさせている。

「すごいなぁ～!!　こんな巨大魔獣をやっつけるなんて、さすがデーモンオーガ!!　ウチのダイドとどっちが強いかなぁ!!」

「あ、バカ!!」

するとバルギルドさんたちの目がギロリと光る。

ダイドさんもスッと前に出て、三人のデーモンオーガが対峙(たいじ)した。

「こんのバカ!!　ヘンなこと言うなっ!!」

「あはは、ごめんごめん」

「あの、バルギルドさん、ディアムドさん、ここは穏便に」

「「「………………」」」

三人は睨み合ったまま動かない。

「聞こえてないみたいだね」

「呑気(のんき)に言うなっ!!　ああもう!!」

のほほんとしているルシファーを軽くどつき、超怖かったが三人の間に身体をねじ込む。つーかルシファー、お前も来いっつの!!

「ストップストップ!!　喧嘩は駄目ですよ!!」

「……む」

「……仕方ない」

「………」

なんとか、三人の説得に成功した。

すると、ノーマちゃんとキリンジくんがダイドさんに気付いてこちらに来た。

「ありゃ？　同族じゃん。なんか久し振りに見るねー」

「おいノーマ、初対面の方に失礼だぞ」

「う、うっさいなキリンジ」

そこに、シンハくんとエイラちゃんもやってくる。

「姉ちゃん、恥ずかしいマネはしないでくれよー？　ぷふふっ」

「シンハこらぁぁっ!!」

「へっへーんっ!!」

「きゃー逃げろー!!　おねーたんが来るよーっ!!」

ノーマちゃんが逃げるシンハくんを追い、エイラちゃんも追いかけっこに交ざる。キリンジくんは頭を抱えてしまった。

お客の前だけど、どこまでも子供たちはいつも通り。その場の空気が和やかなものになる。

バルギルドさんとディアムドさんは解体に戻り、ダイドさんもルシファーの後ろへ戻った。

「はぁ……」

「あはは、デーモンオーガ同士のバトルが見られると思ったのに」

「やかましいっ!!」

とりあえず、もう一度ルシファーを軽く小突いた。

解体場をあとにして、家に帰ろうとした時だった。

「お兄様!?」

「やぁディアーナ。愛おしい我が妹よ」

大量の資料を抱えたディアーナと出会った。

ルシファーが来ることを知らなかったようで、驚きすぎてメガネがずり落ちかけている。

「どうしてここへ……」

「もちろん、アシュトの村を見に来たのさ。それよりディアーナ、なぜアシュトに自分が眷属だってことを言わなかったんだい？　兄妹以外で初めて会った仲間じゃないか」

「仕事には関係ありませんので」

「やれやれ。ツンツンしてるのも可愛いけどねぇ」

「それよりお兄様？　お仕事はどうされたのですか？」

「視察が仕事なのさ。アシュトの村は大事な取引先だからね」

「なるほど。では、のちほど報告書の提出をお願いします」

「もちろんさ。それよりディアーナ、村はどうだい？」

「問題ありません。収穫量のデータ化、交易品の選定、新たな事業開拓」

「そうじゃない。お前が村に住んでみて、どう思った？」

「……いい村だと思います」

「そっか。ふふ」

ルシファーは、満足そうに微笑んだ。

それが気に食わないのか、ディアーナは口をへの字に曲げる。

「……何がおかしいのですか？」

「別に。まぁ、楽しそうでよかったよ。最近はつまらなそうにしてたからね、兄として少し心配だったのさ。アシュトの村に派遣したのは成功かな」

「なっ……お、お兄様‼」

「おっと、余計なことだった。あとはいい旦那さんでも見つけてくれればねぇ」

「私よりお兄様の方が先です‼」

兄妹仲がよさそうで何より。俺とシェリーとの関係とは違うタイプだから、ちょっと新鮮だ。

こうして、ルシファーの視察は終わった。

ディアーナと別れ、ダイドさんと一緒にあっさりとベルゼブブへ帰っていく。

なんというか、自由な男だと思った。

第二十二章　女の子たちの入浴事情

村民浴場。

それは、この村最高の癒しと言っても過言ではない。

村にはいろいろな種族が集まっているが、村民浴場は種族関係なしに愛されている。

浴槽に張る湯は日替わりである。

種類は果実湯、薬草湯、アシュトが改良を加えたセントウ湯など。

どれも人気だが、セントウ湯に関しては好みが分かれるため、ロテンブロだけに張られる。なぜならセントウを入れると湯が酒になり、長湯をすると酔ってしまうからだ。

余談だが、ロテンブロを製作した浴場総責任者のエルダードワーフ、フロズキーはさらなる野望に燃えている。

長年温めてきたアイデアを形にするべく、ボイラー室にある『浴場事務室兼フロズキーの家』で、夜な夜な新しい浴槽の図面を引いているそうな。

さて、村民から特に人気があるのは、やはり薬草湯だ。

血行がよくなる効能があり、外仕事で疲れた身体を癒やしてくれる。

だが、女性たちはもう一つの効能を求めて、ついつい長湯することも。

薬草湯に浸かると、肌がスベスベになるのだ。

今回は、お風呂好きの女の子たちのお話である。

ある日の夜。

ミュディ、シェリー、シルメリアは風呂に入りに、着替えとタオルを持ってアシュトの家を出た。

ミュアとライラ、マンドレイクとアルラウネはすでに寝てしまっているので同行していない。

いつも子供たちは夕食が終わってから風呂に入るのだが、今日は果樹園で遊び回って泥まみれになったので、ハイエルフたちが気を利かせて夕食前に風呂に入れてくれたのだ。

風呂上がりの状態に加えて、夕食で満腹になったミュアたちの瞼(まぶた)は、すぐに重くなって早寝したというわけである。

「お兄ちゃん、集中するとホンットに周り見えないんだから」

村民浴場までの道を歩いている途中、シェリーが呆れたように言った。

家を出る前に三人がアシュトを誘ったら、新薬の研究をしている最中だからと断られたのだ。

「アシュトらしいね」

ふんわりと笑うミュディの横で、シルメリアは悩ましげな顔をしている。

「ご主人様を差し置いて入浴するのは、やはり……」

「あーいいのいいの。どうせお兄ちゃんは朝に入るから」

「朝風呂……なんかサッパリしそうかも」

談笑していると、ミュディたちの背後からローレライとクララベルの仲良し姉妹がやってきた。

彼女らの手には、お風呂セットがある。

「あら、この時間に会うのは珍しいわね」

「ローレライ？　ふふ、確かにそうね」

「あ、シェリー‼　一緒にお風呂だねっ‼」

「クララベル、アンタいっつも楽しそうね……」

龍人姉妹は普段、食後のティータイムを終え、寝る前に風呂へ入る。ミュディたちとは入浴の時間がずれていたが、今日は偶然重なったのだった。

さらに、エメラルドグリーンの髪を入浴のために後ろに束ねた少女も歩いてくる。

「ん？　……あれ、ミュディたちじゃん。なんか大勢ね」

「エルミナ、一人なの？」

「ええ。ちょーっとお酒飲んだら眠くなっちゃって……お風呂入って寝るわ」

そう言って欠伸したのはハイエルフのエルミナだ。

手には着替えを持ち、酒で顔を僅かに赤らめていた。

六人となった少女たちは、和気あいあいと談笑しながら村民浴場へ向かう。

やがて到着し、女湯のノレンを潜って長い廊下を歩く。脱衣所に入ると、時間も遅いからか誰もいなかった。

「おっふろおふろ～♪」

さっそく服を脱ぐエルミナ。

当然だが、その場には女性しかいないので羞恥はない。服も下着も全て脱ぎ捨て、真っ白で均整の取れた裸体を披露する。

「わぁ……エルミナ、綺麗」

意外にも服を脱ぐのが早いミュディが、タオルで胸を隠しながら言う。

「そう？　ありがとね、ミュディ。ミュディもすっごく綺麗よ‼　何よりこの胸が……」

「ひゃぁぁあっ⁉」

エルミナは両手でミュディの胸をわしっと掴んだ。もちろんおふざけだ。

「なーにしてんのよ？」

服を脱ぎ終えたシェリーがエルミナに声をかける。

「シェリーシェリー、ミュディの胸が」

「あーはいはい。ミュディは隠れ巨乳だからね、お兄ちゃんも大喜びよ」

「なぬっ⁉　ミュ、ミュディ、アシュトに見せたの⁉」

「見せてない見せてない‼　シェリーちゃん変なこと言わないでっ‼」

「あはは、ごめんごめん……」

謝りつつ、シェリーはミュディと自分の胸を比べた。

そして小さくため息を吐き、ようやく服を脱いだクララベルの胸を見る。

「……ふっ」

「むー……なんかシェリーがむかつく」

「ごめんごめん。悪気はないのよ」

クララベルとシェリーでは、シェリーの方が大きかった。

そして、クララベルの隣にはローレライが……

「……何？」

「……負けました」

シェリーは、ガックリと項垂れた。

すると、六人の中で最もバランスのいいプロポーションのシルメリアが、シェリーの前を横切る。

「では、お先に失礼します」

そう言って、シルメリアは一足先に脱衣所をあとにした。

洗い場で身体を洗い、六人は湯船の中へ。
今日は薬草湯。血行がよくなり、肌もスベスベになる。
「はぁ～……気持ちいいわねぇ」

エルミナが、お湯にプカプカ浮かびながら言った。

「ちょっとエルミナ、見えてる見えてる」

「んぁ？　別にいいわよ……気持ちいいからぁ～」

シェリーが渋い顔で言うが、エルミナに気にする様子はない。

シェリーはエルミナから目を逸らし、のんびりお湯に浸かるシルメリアの隣へ。

「ふにゃぁ……」

「シルメリア、猫っぽいね」

「銀猫族ですから……ふにゃぁ～……」

「ねぇねぇ、尻尾が揺れているけど、気持ちいいの？」

「はい……あ、尻尾に触っていいのはご主人様だけです」

「……ちぇ」

シェリーの手を押さえつつ、薬草湯を堪能するシルメリアだった。

彼女たちの横では、ミュディとローレライが並んで湯を満喫している。

「はぁ……気持ちいいねぇ」

「ええ……本当に」

「……」

ミュディとローレライの正面にはクララベルが座っていた。彼女は自分の胸を見たあと、二人の胸を指さした。

「姉さま、ミュディ……浮いてる」

「「え？」」

二人は胸元に視線を下げ、同時に顔を赤らめた。

「姉さま、わたしも大きくなるかなぁ？」

「え、ええと……う、うん。クララベルもきっと大きくなるわ」

「ほんと？　やったぁ‼」

六人の少女はお風呂で談笑し続ける。

こうして、穏やかな時間は過ぎていった。

◇◇◇◇◇◇

湯船から上がり、用意した服に着替えて、少女たちは外へ。

「あれ、みんな」

すると、村長湯のノレンを潜ろうとしているアシュトと出くわした。

全員、アシュトのそばに近付く。

「お、みんな風呂上がりか。なんかいい匂いがするな」

「ちょ、お兄ちゃんの変態‼」

アシュトが笑って言うと、シェリーが顔を赤らめて怒鳴った。

「な、なんだよシェリー」

「女の子の匂いを嗅ぐなんて変態だよ‼　お風呂上がりでもダメなの‼」

「お、おお……なんかスマン」

その時、クララベルがシェリーを押しのけてアシュトの前に。

「あ、わたしはいいよお兄ちゃん‼」

シェリーがクララベルを引っ張ってもみくちゃになっていると、エルミナがアシュトに絡んだ。

「ねぇアシュト、そっちの冷蔵庫にお酒ある～？」

「エルミナ、飲みすぎはダメだよ？」

ミュディがそう言って止めようとするが、ローレライが彼女の肩に手を置いて言う。

「ミュディ、エルミナには注意したって無駄よ」

「ローレライ様の言う通りです。ミュディ様」

シルメリアも同意した。

ガヤガヤと一気に騒がしくなってきた時……

どこからともなく、呆れたような声が。

「やれやれ、やはりアシュト様はハーレム野郎……」

「「「「「……………」」」」」

全員が振り向くと、いつの間にか背後にいたリザベルが、女湯へ入っていくところだった。

夜風は冷たく、いろいろな意味で火照(ほて)った彼らの身体を冷ましてくれたのだった。

第二十三章　エルフの薬師シャヘルと元将軍アイゼン

場面はアシュトたちの村からビッグバロッグ王国へと移る。

ビッグバロッグ王国の所有する王国菜園では、様々な果実や農作物が育てられていた。

王国菜園の管理はエルフが行い、収穫された作物は騎士団たちの食事になったり、遠征用の食料や非常時の保存食に加工されたりする。

そんな王国菜園に現在、一人のエルフが向かっていた。

エルフの名はシャヘル。王宮薬師であり、アシュトがビッグバロッグにいた頃の師でもある。また、王国菜園と王宮の温室を管理しているのもシャヘルだった。

実は最近、シャヘルに新しい生徒ができた。こうして王国菜園に向かっているのも、その生徒を指導するためである。

シャヘルが王国菜園に到着し中に入ると、一人の男が振り向いて笑みを浮かべる。

「おお、シャヘル先生‼」

「お疲れ様です。ええと……アイゼン様」

そこにいたのは、汗を吸って汚れたシャツに土まみれのオーバーオール、長靴を履いて麦わら帽子を被ったアシュトの父、かの紅蓮将軍アイゼンだった。

五十を過ぎてなお鍛え抜かれた肉体は健康的に日焼けしており、格好も相まって農夫にしか見えない。

アイゼンは最近、将軍の地位を辞した。それだけではなく、軍に関わる一切から身を引き、完全に隠居したのである。

そしてなぜか、ビッグバロッグ王国郊外の荒れた領地を果樹園にしたいと言いだしたのだ。

そこで、国からシャヘルに、アイゼンへの果樹栽培の指導の依頼が回ってきたのである。

「シャヘル先生、今日の授業はなんでしたかな？」

「はい。今日は自然素材だけで農薬を作りましょうか」

「ほう、農薬」

シャヘルはアイゼンを指導する間、ずっと複雑な心境でいる。

なぜならアイゼンは、教え子であるアシュトをオーベルシュタインに送り込んだ張本人だからだ。

アシュトは、とても勤勉で優秀な生徒だった。

自身の魔法適性が『植物』と判明し、周囲から落ちこぼれと言われても諦めず、彼が必死に勉強していたことをシャヘルは知っている。

アシュトは全ての教えを吸収し、博士号まで取った。

シャヘルはアシュトこそ自分の後継者に相応しいと考え、彼を王宮薬師に推薦し、いずれは温室や果樹園の責任者になってもらおうとも考えていた。

だが、アシュトはビッグバロッグから去った。

そしてそれを機に、エストレイヤ家の人間にも次々と変化が訪れる。

長男のリュドガは前にも増して軍務に打ち込むようになり、将軍としての名声を周囲に轟かせている。

長女のシェリーは病を理由に軍を退役し、現在はどこその僻地で療養しているらしい。

アイゼンの妻は日々茶会を開き、アイゼンは将軍を引退して土いじり。

「…………」

——正直、何が何やらわからない。そう思っていた時、シャヘルはアイゼンに声をかけられる。

「どうされましたかな、シャヘル先生」

「い、いえ。では始めましょうか」

シャヘルは頭を振って気持ちをリセットし、アイゼンへの指導を始めた。

アイゼンと一緒に畑で土いじりをしながら、シャヘルは作物や薬草に関する知識を教える。

鍬でニンニクを掘り出し、丁寧に洗ってすり鉢の中へ。そして、力強く棒で潰す。

「なるほど、自然素材……ニンニクを使うのですか」

「ええ。人工的な薬を使うのは最後の手段、まずは自然の恵みを利用します」

「ほほう‼」

アイゼンは、とても楽しそうに話を聞いている。

やってみるように言ってすり鉢と棒を差し出すと、危なっかしい手つきながらも力強く作業に取りかかった。

「ふふ、その表情、ご子息のアシュトくんにそっくりですね」

「………」

ポロッとシャヘルが言うと、アイゼンの手がピタッと止まった。

「……アシュト、ですか？」

「え、ええ」

「……そうですか」

なぜか、アイゼンは寂しそうな表情になった。

「アイゼン様……もしかして」

「……ははは、もう遅いのですよ」

シャヘルにはその表情の意味がわかった。

アイゼンは、今になって後悔しているのだ。

アシュトをオーベルシュタインに送ったこと。将軍一家に相応しくない存在だと決めつけ、除籍したこと。

アイゼンはリュドガやシェリーばかり気にかけ、アシュトとは碌に話もしたことがなかった。

アシュトが最年少薬師になったことも、博士号を得たことも、王宮薬師への推薦の話が出たことも聞いてはいた。だが全て将軍一家には関係のない功績と決めつけ、褒めもせずに無視していた。

それが、兄のリュドガと妹のシェリーには許せなかった。

リュドガは家を顧（かえり）みずに仕事に打ち込むようになり、シェリーは病気と偽って軍を除隊しアシュトを追ってしまったのである。

大事に育ててきた子供たちが、アシュトの除籍をきっかけに自分の足で歩き始めている。

母親は茶会ばかり開き、子供たちを見ようともしない。アイゼンは、どうすればいいのかわからなくなった。

そんな時、エストレイヤ家の屋敷にあるアシュトの部屋で、薬草の本を見つけた。

彼は何気なくそれを手に取り、ページを開いて読んでみた。

そこに書かれていたのは、戦いの技術を磨き、魔法を開発し、数多の魔獣を屠った紅蓮将軍アイゼンがまったく知らないことばかりだった。

アイゼンは、ようやくわかった。

アシュトは、アシュトなりの戦いをしていたのだ。エストレイヤ家の一員として努力し、薬学という素晴らしい学問を立派に修めていたのだ。

アイゼンは、その努力を見ようともしなかった。あまりにも視野が狭かった。

この時、アイゼンの中で何かが終わった。

「……引退しよう」

こうして、紅蓮将軍アイゼンは隠居を決めた。

引退することを妻に伝えた時、彼女は反対しなかった。

――アイゼンが引退しても、リュドガの名声があれば、自分は変わらず貴族たちの茶会でトップに立っていられる。

妻がそうした理由で賛同したことは、アイゼンにはわかっていた。だが、もはやそれはどうでもいいことである。

アイゼンは引退後、ビッグバロッグ王国郊外のエストレイヤ家が管理する土地に、果樹園を作ってみることにした。そして今、こうしてシャヘルから教えを乞うている。

アイゼンはニンニクを潰しながらシャヘルに言う。

「罪滅ぼしとは違いますが……ワシも、アシュトと同じことをしてみようと思いましてな」

「アイゼン様……」

「ははは、憑きものが落ちたような気がします。エストレイヤ家の名に恥じないようにと、息子と娘を育ててきたつもりでしたが……どうやらワシは、間違っていたようです」

話しながら、アイゼンは教わった通りに水と炭をすり鉢に入れてかき混ぜる。

手つきは、最初と同じで力強い。

「だが、今更気付いたところでもう遅い。リュドガはワシに愛想を尽かし、アシュトとシェリーは、二度と戻ってはこない。ならば……ワシはワシにできることをするだけ」

「それが、果樹園ですか?」

「ええ。子供たちは、果物が好きでしたからな」

農薬が出来上がった。

ニンニクと炭を水と一緒に混ぜた、昔からエルフが使っている農薬だ。

「せめて、あの子たちが好きだったものを育てたいのですよ。そして願わくはリュドガと、どこか遠くの土地で平和に暮らしているであろう二人にも、いつか食べてもらいたい」

「……そうですね」

アイゼンの果樹園はきっとうまくいく。シャヘルはそう思った。

第二十四章　銀猫ナデナデ

ある日。俺が朝食を終えてソファでのんびりしていると、ミュアちゃんが太ももにじゃれついてきた。

「にゃあん、ご主人さまぁ」

「はいはい。よーしよし」

「ふにゃぁぁ～……ごろごろ」

俺はミュアちゃんの頭を優しく撫で、顎下(あごした)をすりすりして、ネコ耳の裏をカリカリする。

「にゃぁぅぅ……きもちいい」

「よしよし、いい子だね」

ミュアちゃんの身体から力が抜けていくのがわかった。

本当の猫みたいだと思いながら撫でていると、トイレに行っていたライラちゃんが戻ってくる。

「あ、ずるいずるいー」

「ほら、ライラちゃんもおいで」

「わうぅ」

ライラちゃんを隣に座らせ、頭とイヌ耳をもふもふする。

ミュアちゃんのネコ耳はサラサラとしているが、ライラちゃんのイヌ耳はもふもふっとしている。

どっちも触り心地は抜群だ。

「にゃぁぁぅぅ……」

「わぅぅぅぅん……」

二人とも気持ちよさそうに鳴く。

「二人とも、お仕事の時間ですよ」

「ふにゃっ⁉」

「わふっ⁉」

すると、ソファの後ろから、洗濯物を抱えたシルメリアさんが二人に声をかけた。ニコニコしているが、ちょっと怒っているっぽい。

ミュアちゃんとライラちゃんは慌てて立ち上がってリビングをあとにした。

ミュアちゃんはシルメリアさんと、外で家事をしている銀猫のお手伝い。ライラちゃんは製糸場で小物作りのお手伝いだ。

「ご主人様、申し訳ありませんが、あまりミュアを甘やかさないようにお願いします」

「き、気を付けます……」

怒られてしまった。

シルメリアさんは一礼し、外へ洗濯に出かけた。

……俺も診察室に行くか。そろそろフレキくんも来るだろうしな。

◇◇◇◇◇◇

フレキくんに指導をしながら、今朝の話をした。

すると、フレキくんが真面目な顔で頷く。

「なるほど。確かに撫でられるのは気持ちいいですよね」

「え、わかるのかい？」

「ええ。人間の姿の時はなんとも思いませんけど、人狼の時にナデナデされると気持ちいいですよ。最近はアセナも耳と尻尾を出してボクにねだってきますね」

「へぇ……でも、フレキくんも気持ちいいんだ」

「大人も子供も関係ありませんよ」

「へぇ～」

大人もってことは……たとえばシルメリアさんも撫でられるのが好きなのだろうか。

そういえば、ミュアちゃん以外の銀猫族のネコ耳や尻尾は触ったことがないな。銀猫族ってみんなピシッとしているし、そもそも撫でようと思ったことがない。

フレキくんは言葉を続ける。

「師匠だって肩を揉まれたりマッサージされると気持ちいいですよね？　獣人にとって耳や尻尾をナデナデされるのは、マッサージみたいなものです」

「そうなのか。それなら銀猫族の子たちを撫でてみても怒られないかな？」

「ええ、嫌がらないと思います。むしろ、嬉しいんじゃないでしょうかね？」

「そ、そうかな？」

「ええ。ボクはそう思います」

フレキくんはなぜか自信たっぷりだった。

そうか……じゃあ今度、撫でてみようかな。

「あ、そうだ師匠。お願いがあります」

「ん？」

「今度、ワーウルフ族の村から交易品が届いた時にでも、一度アセナを連れて里帰りしたいんです。父から手紙をもらったんですけど、なんでも村にボク専用の医院を建てたとか」

「え、そうなの？」

「はい。なので、長老のところへお礼のご挨拶に行こうかと……もちろん、すぐに帰ってきます」

「わかった、行ってきなよ」

「はい‼」

ワーウルフ族の医院か……俺も新しい医院の話、進めようかな。

フレキくんの指導を終えた俺は、図書館で借りた本を返しに来た。

図書館内には多くの銀猫族がいて、みんな読書を楽しんでいる。

「ご主人様？」

「あ、オードリー」

大量の本を抱えたオードリーに声をかけられた。

持っている本は……うん、全部恋愛系だな。

「それ、借りるのか？」

「はい。読書は心の洗濯です」

「ははは、確かに」

俺はオードリーの持つ本を、半分ほど取り上げる。

「家まで運ぶんだろ。手伝うよ」

「そ、そんな、大丈夫ですご主人様。ご主人様のお手を煩わせるのは」

「いいから、行くぞ」

やや強引に言って、歩きだす。

銀猫族は、こういう時はかなり頑固だ。なので、有無を言わせない。

図書館を出て、オードリーを含めた銀猫族の住む宿舎まで向かう。

「ここでけっこうです。ありがとうございます、ご主人様」

入口に着くと、オードリーがそう言った。

「え、中まで運ぶけど」

「いえ。使用人の住まいにご主人様を入れるわけには参りません」

「ええと……そ、そうか」

まぁ、女の子の家に入るのも、さすがにデリカシーがないよな。

「わかった。じゃあこれ」

「ありがとうございます」

本を渡し、オードリーと別れようとして……ちょっと思いついた。

「オードリー」

「はい？」

「その……銀猫たちにはいつも世話になっている。本当にありがとうな」

「いえ。ご主人様に尽くすことが我らの喜びです」

「そっか。じゃあお礼に……」

「え？　……ふにゃぁっ⁉」

俺はオードリーの頭に手を置き、ナデナデした。

「にゃうっ⁉　ご、ごしゅじんさ……ふぁぁ」

「よしよし、ネコ耳の裏をカリカリ……」

「にゃぅぅぅぅぅ……」

ネコ耳の裏をカリカリしたり、耳全体を軽く揉んだりする。

どうやら、フレキくんの言った通り、ミュアちゃん以外にも効果はあるようだ。いつもはキチッとしているオードリーが、今はミュアちゃんみたいに蕩(とろ)けている。

「はにゃあ……」

「うわっ!?」

ドサドサっと本が落ち、オードリーが俺にしなだれかかってきた。

俺の胸に顔をうずめ、スリスリと甘えてくる。何これ可愛い。

「お、オードリー……?」

「にゃう?　……はっ」

オードリーは、慌てて俺から離れた。

「申し訳ございませんでしたっ!!」

そして、本を拾って宿舎の中へ。

取り残された俺は茫然(ぼうぜん)としていた。

「……えーと」

あとで知ったことだが、大人の銀猫族を過剰に撫でると恍惚(こうこつ)状態になるそうだ。

子供のうちは何もないのだが、身体が成長するにつれて段々と……ということらしい。

これからはあまり撫ですぎないように気を付けよう……特に銀猫族は。

俺はそう誓ったのだった。

第二十五章　シエラ様と一緒

「ア～シュ～ト～くんっ♪」

「おわっ⁉」

ある日、天気もいいのでユグドラシルの樹の下にシートを敷いて読書をしていると、シエラ様がこっそり近付いてきて俺の背中に抱きついた。

突然現れたシエラ様に、隣で昼寝をしていたシロとウッドが起きる。シロは匂いや気配に敏感だから、なおさら驚いているようだ。

シエラ様は俺から離れ、シートに座る。

「お一人で読書かしら？」

「え、ええ。天気もいいですし」

『くぅうん』

シエラ様が、すり寄ってきたシロを撫でた。

優しい手つきだ。シロは気持ちいいのか目を細め、尻尾をゆっくりパタパタと揺らす。

ウッドもシエラ様にじゃれつきだした。

『アソボーアソボー！』

「ふふ、可愛いわねぇ♪」

「こらこら、ウッドもシロもシエラ様を困らせるなよ」

『ワカッタ！　ジャア……シロトアソブッ！』

『きゃんきゃんっ!!』

俺が注意すると、ウッドはシロに飛びついてシートの上をコロコロ転がって遊び始めた。

この二人、すっごく仲良しだよね。

転がるウッドとシロを眺めながら、シエラ様に聞く。

「ところで、何かご用でしょうか？」

「ん～？　そうねぇ……天気もいいし、たまにはアシュトくんとお喋りしたり、美味しいお茶を飲んだりしたいかなぁ～？」

「そうですか。じゃあ家に……」

「待って。おうちもいいけど、のんびりお散歩しましょっか。ふふ、お姉さんとデートしましょ♪」

「で、でで、デート……ですか」

「ええ♪　ミュディちゃんとしたことあるでしょ？」

「い、いえ……ないです」

ビッグバロッグ王国に住んでいた時は勉強漬けだったし。

小さい頃は一緒に遊んでいたが、あの頃はデートなんて概念がなかった。

この村に来てからは一緒にいることが増えたけど……せいぜい村を散歩したり湖でお昼を食べたりするくらいだ。果たしてデートと言えるのだろうか。

シエラ様は、俺のほっぺたをツンツンする。

「ね？　お姉さんとデートしましょ♪」

「は、はい……お、お供します」

なんというか、大人の色気がすごい。

超至近距離なのですごくいい香りがする。改めて見ると、シエラ様ってとんでもない美女だよな……

「さ、行きましょう」

「は、はい」

ウッドとシロはユグドラシルの周りではしゃいでいたので、そのまま遊ばせておく。

シエラ様と二人きり……やべ、ドキドキしてきた。

シエラ様と並んで村の中を歩き始める。
すると、シエラ様が俺の腕に自分の腕を絡めてきた。

「あ、あの……」

「ふふ。デートっぽくていいじゃない？」

「……………」

いや、あの……腕にぷにぷにとした感触があるんですが。

俺も男だし、ちょっとどういう反応をしていいかわからない。

「どう、柔らかい？」

「えっ⁉」

「うふふ。冗談よ」

冗談と言いつつも腕を離さないのはシエラ様らしい。

「えーっと、どこ行きます？」

「あら？　デートの計画は男の子が立てるものよ？」

「えっ⁉　……えっと」

いきなりのデートに予定もクソもない。

「あの……じゃ、じゃあ、ハイエルフの農園に行きましょう‼」

「はーい♪」

咄嗟(とっさ)に口にすると、シエラ様は楽しそうに返事した。

農園はいつも散歩の帰りに様子を見に行く場所なので、最初に思いついたんだよな。収穫した果実をおやつとしてご馳走になったり、家で食べろとお土産を持たされたりする。

シエラ様と腕を組んだまま農園に向かう。

するとちょうど休憩時間だったらしく、ハイエルフたちが集まって農園脇の休憩所でお茶をしていた。輪の中にはエルミナもいる。

「あ、アシュトじゃん……って、シエラ様と一緒？」

「よ、ようエルミナ」

「はぁい♪　エルミナちゃん」

「む……」

エルミナは近付いてきた俺を見て、シエラ様を見て……ん？　どこを見ているんだ？　……あ、腕か？

エルミナは、なぜか不機嫌そうだった。

シエラ様はクスクス笑い、エルミナに言う。

「ふふふ。エルミナちゃんもあとでしてあげたら？」

「なっ……わ、私はそんなことしないし!!　てかデレデレしてんじゃないわよ!!　このスケベアシュト!!」

「な、なんで怒ってんだよ……つーかスケベじゃないし」

「ふん!!」

エルミナがそっぽ向いてしまった。

その時、隣に座っていたメージュがため息を吐き、こちらを見ながらエルミナの肩をポンと叩く。

「悪いねアシュト村長。この子ってば昔から素直じゃなくてさー」

「う、うっさいメージュ!!　私は何も気にしてないし!!」

エルミナがメージュの腕を払いのけ、顔を赤くして叫んだ。

メージュはニヤニヤしながら、ハイエルフたちに言う。

「いやいや、村長とシエラ様の距離が近いこと、めっちゃ意識しているじゃん。ねぇみんな」

「「「「うん、エルミナってば可愛い～♪」」」」

「んなぁぁぁっ!?　ちょ、あんたらうるさいっ!!」

ハイエルフたちがキャッキャウフフとエルミナをからかう……あれ、俺とシエラ様が空気になってね？

そして、トドメとばかりにルネアも、エルミナの肩に手を置いた。

「エルミナ、認めな……好きって言いなよ」

「うがぁぁぁーっ!!　あんたら全員ぶっとばす!!」

エルミナが暴れだしたので、俺は慌ててシエラ様を引っ張って退散した。

農園から逃げだした俺とシエラ様。
「あ～楽しかったぁ♪　ふふ、ハイエルフたちは可愛いわねぇ」

「えぇ～……？　というかエルミナ、なんであんなに怒っていたんだ？」

シエラ様はご機嫌だった。

農園でお茶でもしようと考えていたのに、さっきの騒動のおかげでお流れになってしまった。ついでに果物でももらえればと思ったのに……仕方ないな。

「じゃ、次に行きましょ♪」

「はい。じゃあ……あ、そうだ。解体場に行きますか」

ちょうど解体場が近かったのでそう提案する。今ならデーモンオーガたちが魔獣の解体をしているだろう。

シエラ様はあまりデーモンオーガ両家と接点がないし、ちょうどいいかも。

というわけで解体場へ。ちなみに、歩く途中やはりシエラ様はずっと腕を組んできた。

解体場に着くと、俺の思った通り、デーモンオーガたちと魔犬族の男三人衆が魔獣の解体をしていた。

相変わらずデカい……イノシシの魔獣のようだが、一軒家並みのサイズだ。

「あ、村長！」

俺とシエラ様に気付いたシンハくんが笑顔で手を振る……あの、シンハくん。返り血で全身真っ赤なんですけど。

シンハくんは血まみれのまま俺とシエラ様のもとへ。

「や、やぁシンハくん……すごいイノシシだね」

「父ちゃんが殴り殺したイノシシなんだ。おれは見てただけ……へへ、今度は父ちゃんに負けない獲物を狩るよ！」

殴り殺したという言葉は置いておくか。

イノシシは吊るされ、血抜きと内臓を抜く作業の真っ最中だ。

血と内臓が巨大な桶に入っている……グロい。

「大きいわねぇ～」

「あはは。シエラ様がドラゴンになった時の方が大きいじゃないですか」

「んふふ～？　どういう意味かなぁ～♪」

「すすす、すみませんっ!!」

いつもやられてばかりいるのでやり返そうとしたら、思いきり腕を引き寄せられて耳元で囁かれた……こういう方が怒られるより効く。

するとバルギルドさんがこちらに来た。

「……どうした？　何かあったのか」

「あ、いえ。シエラ様と一緒に解体を見学しようと思いまして」

「ふふ、よろしく～」

「……面白いものではないと思うが。まぁ見ていけ」

バルギルドさんはイノシシの方に戻った。

すると、今度はノーマちゃんとエイラちゃんが来る。

「やっほ。村長元気？」

「やっほー！」

「ノーマちゃん、エイラちゃん。こんにちは」

二人の視線はシエラ様へ。あまり接点がないので話しかけにくいようだ。

シエラ様は、エイラちゃんの頭を撫でる。

「こんにちは♪」

「わわっ……こんにちは！」

エイラちゃんはすぐにニコニコして、シエラ様にじゃれつきだした。

「あなたも、こんにちは」

「こ、こんにちは……あはは。その、相変わらず色っぽいですね」

「あら、ありがとう♪」

ノーマちゃん、シエラ様の胸と自分の胸を見比べている。

その時、アーモさんとネマさんの母親二人がノーマちゃんたちを呼んだ。

「ノーマ、こっち手伝って！」

「エイラ、あんたもよ！」

忙しいみたいだし、邪魔しない方がいいかも。

そう思っていたら、ディアムドさんとキリンジくんが大きな解体用の鉈を担いで歩み寄ってきた。

「村長、いい肉が獲れた。あとで家に届けさせよう」

「今夜は期待しててくださいい村長……と、こんにちは」

「こんにちは。ふふ、大きな鉈ねぇ、カッコいいわよ♪」

「あ、ありがとうございます」

普段はあまり表情を崩さないキリンジくんも、シエラ様の笑顔にちょっと照れていた。

ディアムドさんは厳しい表情でシエラ様を見つめているけど……なんだろう?

「……失礼。以前から気になっていたのだが、あなたは一体何者だ？　とてつもない何かを感じる」

そういえば、シエラ様が神話七龍の一体だってことは、俺を含めたごく一部の住人しか知らないんだっけ。

シエラ様は顎に手を当てて少し考える仕草をする。

「ん〜？　ふふ、私はアシュトくんのことが大好きな、ただのお姉さんよ♪」

「うおぉぉっ!?」

シエラ様が俺の身体に抱きついてきた。ごまかそうとしているのだろうが、突然すぎてビビる。

だが、ディアムドさんは納得していないようだ。

キリンジくんは何かを感じたのか、俺とシエラ様から距離を取る。

ディアムドさんは鉈を地面に突き刺し、シエラ様に言った。

「手合わせ、願いたい」

「あらら〜」

すると、バルギルドさんたちが戻ってきた。ディアムドさんのただならぬ様子を察知したのか、少しピリピリした空気になる……しかし、誰も止めようとはしない。

バルギルドさんは、腕組みをして言う。

「……オレも、以前から気になっていた。最初はたまに村に現れる謎の女性程度に思っていたが……底知れぬ何かがあると感じていた」

アーモさんとネマさんも頷き、それぞれ口を開く。

「ごめんなさい。デーモンオーガの本能というか……強い存在が気になってしょうがないの」

「ええ。実は、あなたを見る度に疼いていたわ」

キリンジくんは無言、ノーマちゃんはうんうん頷いている。幼いシンハくんは欠伸し、エイラちゃんは首を傾げていた。

そして、再びディアムドさんが頭を下げる。

「一度でいい。あなたの強さを見せてくれ」

「ん～……ま、いっか。ちょっとだけよ？」

「ああ。では……」

ディアムドさんは右手を開いてシエラ様に伸ばす。

え、いきなり？　あの、シエラ様はまだ俺に抱きついているんですけど。

「うふふ。男の子ねぇ」

シエラ様も右手を差し出し、ディアムドさんとガッチリ握手する。

次の瞬間、ディアムドさんの右腕が膨張し、全身の血管が浮き上がった。

「ゴァァァァァァァァッ!!」

なんとディアムドさん、シエラ様の手をガチで握り潰そうとしたのである。

俺はギョッとして、慌てて止め――

「ガァァァァァァーーーーーーッ!!」

「うふふ♪」

止め、止め……………え、あれ?

シエラ様はニコニコしたまま。いやいや、なんで平然としているんだ。

ディアムドさんは全力で力を込め続けている。滝のような汗を流し、両足を踏ん張りすぎて大地に亀裂が入っていた。

シエラ様は俺からそっと離れ、涼しい顔でディアムドさんの手を握り返した。

「グ、ぐ……っ!! な、なんだ、と……!?」

「うんうん。すっごい力ね♪ お姉さん感心感心♪」

「な、な……っ!?」

そのままシエラ様が軽く右手を上げると、ディアムドさんがふわりと持ち上がった。

「えいっ♪」

そして、可愛らしい掛け声とともにその手を振り下ろす。

ディアムドさんは地面に叩きつけられ、その衝撃で大地が揺れて地割れが起きた。

叩きつけられたディアムドさんは唖然としていた。それだけでなく、バルギルドさんたちも口をあんぐりと開けている。

俺はというと、大地が揺れた影響で転び、尻もちをついていた……情けなくてすみません。

「うふふ。お姉さんの勝ちー」

「あ、ああ……」

立ち上がったディアムドさんは無傷だったが、大量の冷や汗を流していた。
シ、シエラ様、強い……底知れない人だとは思ってたけど、まさかディアムドさんに勝利してしまうとは。
シエラ様の強さを見せつけられたデーモンオーガ両家は、ずっとその場で固まっていた。

デーモンオーガたちと別れ、俺とシエラ様はデートを再開。
民家を建築中のエルダードワーフのリーダー、アウグストさんやサラマンダーたちに挨拶したり、フィルたちが遊んでいるのを眺めたり、隊列を成して歩くブラックモールたちの可愛さに足を止めたりと、なかなか楽しかった。
少し歩き疲れたので、ユグドラシルの下に戻ってきた。
ウッドとシロはいない……遊びにでも行ってるのかな？

シートは敷いたままにしていたので、そこに座ってのんびり話す。

「うふふ。今日はとっても楽しかったわ」

「ええ。村のみんなも元気そうだし」

「そうね。それに……この村には笑顔が溢れている」

シエラ様は嬉しそうに言い、俺の目を見て言葉を続ける。

「アシュトくん、あなたに出会えてよかったわ。うふふ、大変なこともあるかもしれないけど……頑張ってね」

「シエラ様……？」

シエラ様は、穏やかな笑みを浮かべていた。

その笑顔からはどこか温かな……母性みたいなものを感じる。

「アシュトくん。何か困ったことがあれば力になるわ。お姉さんにドンとお任せよ♪」

「はい。ありがとうございます。でも……シエラ様に頼るとすぐに解決しちゃいそうです」

俺は笑って言って、すぐに真剣な表情に戻す。

「だから、最初は俺の力でやってみます。そして、俺一人で駄目だったら、村の仲間たちもいます。たぶんですけど、この村の住人が力を合わせれば、どんな問題でも解決できる気がするんです……あ!?　えっと、シエラ様の助けがいらないってことじゃなくて、その」

言いたいことがうまくまとめられなくて、わちゃわちゃとしてしまった。

「わかってる。ふふ、アシュトくんってばカッコいい♪」

シエラ様はクスクス笑う。

そうだ。シエラ様は俺の後ろにそっと現れ、アドバイスしてくれるようなお姉さんでいい。

シエラ様は大きく伸びをして立ち上がる。

「アシュトくん。今日はありがとう。いいデートだったわ♪」

俺も立ち上がった。

「いえ、気分転換になったのならよかったです……シエラ様、いつもいきなり現れてはすぐに消えちゃうから、その、いろいろお話もできて楽しかったです。今日はありがとうございました」

頭を掻きながら、照れくさいので顔を見ずに言う。

だからシエラ様が顔を寄せてきたことに気付かなかった。

「ん……ちゅっ」

「えっ」

シエラ様が、俺のほっぺにキスをした。

年上のお姉さんは、イタズラが成功した女の子のように笑っていた。

「ししし、シエラ様!?　……って、いないし」

シエラ様は、いつの間にか消えていた。

神出鬼没のお姉さん。とっても強いお姉さん。イタズラ好きのお姉さん。

いろんな顔を持つシエラ様。俺、あの人には一生勝てないだろうな……あはは。

第二十六章　龍王のお手紙

『拝啓
アシュトくん、我が娘たちは元気にしているだろうか？

娘たちに会いたくて飛び出したい気持ちをなんとか抑え、こうして手紙を書いている。

愛しのローレライやクララベルが、怪我をしたり、病気になったりはしていないかと考えると、夜も眠れない……はぁ。

ところで、キミの村に娘たちが暮らし始めて早数ヶ月。一度そちらに使者を送ります。

何か困ったことがあれば遠慮なく言ってくれ。最大限の援助を約束しよう。

それと……キミが娘たちの言う『素敵で立派な男』かどうか、確かめさせてもらうよ。

では、近いうちに。

ドラゴンロード王国　覇王龍（ケーニッヒ・ドラゴン）ガーランドより』

シエラ様とのデートから数日。

こんな内容の手紙が、ドラゴンロード王国のガーランド国王から送られてきた。

ドラゴンロードからの手紙はシエラ様が定期的に届けてくれるんだが、今回は驚いた。

「使者が来るのか……」

まぁ、考えてみれば当たり前だろう。ドラゴンロード王国の姫君を二人も預かっているんだ。普通なら外交問題に発展する事案である。

今までは手紙のみのやり取りだったが、使者がローレライたちに直接会い、村を視察することも必要だ。それか、いい機会だし二人をドラゴンロード王国に帰すことも考えないと。

と、考えていたら……俺の前にいるローレライとクララベルが言った。

「私は帰らないわよ」

「わたしもー!!」

二人は現在、俺の家の診察室にやってきている。

どうやらガーランド王がローレライたちに宛てた手紙には、それとなーく帰るようにと書かれていたようだ。そして俺に相談しに来たので、俺も手紙を見せて使者が来ることを伝えたのである。

「こんなにたくさんの本に囲まれるなんて、これからの人生きっとないわ!! 図書館の整理もまだまだだし、それに何より、私自身読みたい本が山ほどあるの!!」

ローレライが珍しく興奮気味に言った。まぁ、同じ読書好きとしてその気持ちはわかる。

続いてクララベルも大声を出す。

「わたしもまだ帰りたくないー!! 子供たちと遊びたいし、窮屈(きゅうくつ)なお勉強や習い事もしなくて済むしっ!!　それにお兄ちゃんと離れたくないよぉーっ!!」

「おわっ、クララベル」

クララベルが俺に抱きついたので、とりあえず頭を撫でつつ二人に言う。

「とにかく使者は来る。そこで自分たちの近況をちゃんと報告してくれ。あわせて自分たちの気持ちも伝えれば、村には残れるさ」

「ええ。もちろんよ」

「うん……お兄ちゃん」

ローレライとクララベルは俺に頷き返した。

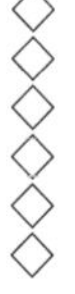

数日後……

「大変だよお兄ちゃん!!　外来て外!!」

シェリーが診察室に飛び込んできて、俺を引っ張った。

「なんだよシェリー……落ち着け」

「いーから早く!!」

いつもはフレキくんに指導している時間だが、現在彼はアセナちゃんと里帰りしているので、診察室には俺一人だ。やかましいシェリーの声がよく響く。

シェリーに腕を引かれて外へ出ると……驚いた。

「な、なんだあれ……」

上空に、ドラゴンの群れが飛んでいた。

その数はざっと四十四を超えている。住人たちも作業の手を止め、何事かと空を見上げていた。

すると、デーモンオーガ一家とサラマンダー族、子供たちを乗せたフンババがやってきた。

「村長、何事だ」

「敵襲か？」

「違う……と、思います」

なぜなら、全長五メートルほどのドラゴンの上に、人が乗っているのが見えたからだ。

その時、ローレライとクララベル、ミュディとエルミナも来る。

「アシュト、あれは敵じゃないわ。あれは……龍騎士団よ」

ローレライが、懐かしむような声で言った。

そして、一匹のドラゴンが俺たちの前にゆっくり降りてくる。

バルギルドさんたちが警戒したが、俺は手で制止する。

ドラゴンが着地すると、黒い鎧に兜を被った兵士が降り、こちらへ向かってきた。

「驚かせてすまない。どこか広い場所はないだろうか。ドラゴンたちを休ませたいのだ」

厳つい声だった。

兵士は、ゆっくりと兜を外す。

顔を見せたのは、角を生やした髭面で強面の男性だった。

「お父様!?」

「パパ!!」

「おぉぉぉぉーーーーーっ!!　会いたかったぞ愛しき娘たち!!」

目の前にいたのはなんと……ドラゴンロード国王、ガーランドだった。

◇◇◇◇◇

使者はまさかの、龍騎士団と国王だった。

とりあえず、建築資材を確保するために木々を伐採した広場に、龍騎士団たちのドラゴンを移動させることに。

ドラゴンの誘導をシェリーに任せ、俺は龍騎士団の方々を来賓邸に案内する。

その中の一室にガーランド王を通し、俺とローレライとクララベルが同席した。

この来賓邸を管理している銀猫族がお茶を出して退室したあと、ガーランド王がローレライたちに話しかける。

「娘たち、魔獣にやられたという怪我はもう平気なのか？　お肌に傷は残っていないか？」

ガーランド王が言っているのは、以前ローレライとクララベルが、オーベルシュタインでガーゴイルという魔獣に大怪我をさせられた事件のことだ。彼女たちがこの村に滞在しているのは、その療養という名目なんだよな。

「大丈夫。私もクララベルも傷一つないわ。だいぶ前に翼も生えたし、空も飛べるわ」

「ぜーんぶ、お兄ちゃんのおかげだけどねー」

二人が答えると、ガーランド王は俺を見た。

「ふむ……キミがビッグバロッグ王国の名門、エストレイヤ家の次男にして、この村の村長か。改めて礼を言わせてくれ、娘たちを救ってくれてありがとう!!」

「い、いえ……」

なんというか、すげぇ迫力だな。

立派な三本角にガチムチの肉体、バルギルドさんやディアムドさんに匹敵する覇気（はき）。この人が最強のドラゴン、覇王龍（ケーニッヒ・ドラゴン）ガーランドなのか。

「キミに礼がしたい。何か望むものはあるかね？」

「望むもの、ですか……」

あるっちゃある。でも、たぶん無理だろうな。

ドラゴンロード王国の国王なら、持っていなくても知っている可能性はあるかも。

「なんでもいいぞ？　金銀財宝、ドラゴンロード王国内だったら地位や勲章（くんしょう）もやろう」

「ええと……その、お聞きしたいことが」

「む、なんだ？」

にっこり笑うガーランド王。

今更だけどこの人、けっこう子供っぽく笑うな。

「その、『古龍の鱗』を知っていますか？」

俺が質問したのは、エリクシールの素材の一つ、『古龍の鱗』だった。

ドラゴンだし、知っているよね。

「古龍の鱗？　なんだそれは？」

「え……」

そう思っていた時期が俺にもありました。

なんと、ガーランド王も知らなかった。

「古龍の鱗は知らんが、吾輩（わがはい）の鱗ならいくらでもやるぞ!!」

「い、いいえ、大丈夫です。間に合っています」

「そうか……ならば、何がいい？」

「ええと、と、とりあえず保留でお願いします」

「そうか。では、これからのことを話そうか」

これからのこと。つまり、ローレライとクララベルのことか。

ローレライが意を決したように言う。

「お父様、私とクララベルはここに残ります」

「もちろんだ。ムルシエラゴ様からも聞いているからな」

「え……そ、そうですか」

ローレライがちょっと面食らってる。

この機会に連れて帰るのかも……なんて考えていたが、シエラ様が手を回していたらしい。改めて、あの人には感謝しないと。

「だが、不安もある。そこで、『雪龍騎士団(スノウ・ナイツ)』と『月龍騎士団(ムーン・ナイツ)』を置いていく」

「ええっ!? お、お父様、それは」

「気にするな。もともとはお前たちを守るために結成された龍騎士団だ。手紙には村の警備が甘いと書かれていた。これからは彼らに任せるといい」

「……ええと、つまり?」

思わず俺はローレライを見た。

龍騎士団って、さっき空を飛んでいたドラゴンと兵隊たちだよな。

「あの龍騎士団は、私とクララベル専属の騎士たちで結成されてるの」

「そうなのか? ……ってか、警備が甘いってのは?」

「……私の意見を手紙に書いただけよ」

あ、ローレライがそっぽを向いた。

こいつはこいつなりに思うことがあったのかな。

「手間をかけるがアシュトくん、龍騎士団を任せる。雑用でもなんでも使ってくれ。個々の実力なら吾輩が保証するぞ!!」

「は、はい……」

はぁ、仕方ない。

ドラゴンの厩舎（きゅうしゃ）と騎士たちの宿舎を作らなきゃな……ちょうどドラゴンを停めた広場が空いているし、そこでいいか。

「さーて娘たち、村での生活を聞かせてくれないか？　手紙だけでは伝わらないことがたっくさんあるぞ!!」

「うん!!　あのねパパ、お兄ちゃんがね……」

クララベルがガーランド王に語りだした。

ローレライも参加し、俺は時々二人の話を補足する。

楽しい家族の時間に俺が参加するのは変な感じだったが……不思議と楽しかった。

「さて、アシュトくん。そろそろやろうか」

クララベルたちの話が落ち着いてきた頃、ガーランド王がそんなことを言いだした。

「はい？　何をですか？」

「ははは、手紙に書いただろう？　キミが『素敵で立派な男』かどうか確かめさせてもらう」

「……？」

ガーランド王は立ち上がり、来賓邸の外へ出ようとする。

「ここに来る途中、ちょうどいい広さの場所を見つけた。さっそく移動しようか」

「あ、あの……？」

ワケがわからん。どうしたっていうんだ？

ローレライを見ると、なぜか目を逸らされた。

すると、ガーランド王がこんなことを言う。

「ローレライが書いた内容が真実なら、吾輩との戦いを避けて通ることはできない」

「……は？」

「二人を妻にする条件……吾輩と戦い勝利する。悪いが手加減はしないぞ？」

「……え？」

俺は再びローレライを見る。

「……」

ローレライは、冷や汗を流していた。

「おいローレライ、お前、手紙に何を書いた？」

「……」

「さぁ行くぞアシュトくん!!　外に騎士たちも待っている!!」

「え、ちょ」

「はっはっはっ!!　久し振りの挑戦者だ!!」

「うおっ!?」

ガーランド王に担がれ、俺は外へ出た。

外には、総勢四十名の騎士が、一糸乱れずに整列していた。

「ガーランド王、準備が整いました」

「挑戦の場へ」

「うむ。行くぞ」

「あの、ちょっと!?」

また、整列する騎士たちの後ろにはなぜかバルギルドさんやディアムドさん、エルミナやシェリー、ミュディやシルメリアさんなど、住人が勢揃いしている。

エルミナが、不機嫌そうに言う。

「まさかアシュトが、ローレライとクララベルを嫁にするために王様に挑戦するなんてねー」

「アシュト、私聞いてないよ……酷い」

目をウルウルさせているミュディ。

「ミュディ、お兄ちゃんのバカをあとでとっちめよう」

シェリーはこめかみに青筋を浮かべていた。

「ご主人様……」

シェリーの横で、シルメリアさんは心配そうな表情を浮かべている。

ディアムドさんとバルギルドさんは、不敵な笑みをたたえていた。

「バルギルド、村長がこうも男前だったとはな」

「ああ、勝っても負けても、今夜の酒は美味いぞ」

「ちょ、みんな勘違いしているだろ!?　まさかこの騎士たちに何か吹き込まれたのか!?」

俺は大声で抗議したが、誰も聞こうとしない。

ガーランド王が俺を降ろし、騎士団たちと住人たちに聞こえるくらいのデカい声で言う。

「これより、我が娘たちをかけた戦いを始める!!　我は偉大なる覇王龍(ケーニッヒ・ドラゴン)ガーランド!!　愛娘ローレライとクララベルの父であり、ドラゴンロード王国の王である!!」

「「「「うぉぉぉぉぉーーーーーっ!!」」」」

「おい待て!!　なんだよこれ!?」

「今から挑戦の場へ向かう!!　見届け人はこの場にいる全員だ!!　付いて参れ!!」

「ちょーーーっ!?」

こうして、俺とガーランド王の戦いが始まろうとしていた……ふざけんなよマジで!?　なんだよこれ!?

第二十七章　薬師アシュト対覇王龍(ケーニッヒ・ドラゴン)ガーランド

ガーランド王が龍騎士団と住人たちを引き連れて到着したのは、円形に切り拓(ひら)かれた広場だった。

こんな場所があったなんて……知らなかったぞ。

「さて……さっそくやろうか。ランスロー、ゴーヴァン、周囲を頼むぞ」

「「はっ」」

騎士団の団長らしきイケメン二人が、騎士団に指示をして住人たちを並ばせる。

どうやら、騎士たちが戦いの余波から守れるように、移動してもらっているようだ……って、ここまでガチなのかよ。

俺はいつの間にか近くにいたローレライを引っ張り、顔を近付ける。

「おいローレライ、なんだよこれ？」

「……その、ごめんなさい」

「お前たちを妻にするとか言ってたぞ」

「……その、ここにいたかったから……どうしても、あなたのそばに」

「……」

「ごめんなさい……」

ローレライはポツポツと話しだす。

彼女は俺と結婚したい的なことを、手紙に書いたようだ。

俺に助けられたこと、村での生活のこと、俺と一緒にいると心が安まること、このままずっと一緒にいたいことなどを書き、ガーランド王に送ったと、ここでようやく正直に話してくれた。

あとから聞いたが、クララベルも「お兄ちゃんと結婚するー!!」的なことを書いたらしい。

「お前なぁ……」

「……」

真っ赤になり俯くローレライ。

まさか、ガーランド王がここに来るとは思っていなかったようだ。

クララベルは……あ、騎士団のイケメン団長に挨拶している。この状況を普通に受け入れているらしい。

「アシュト、ごめんなさい……あなたのそばにいたい気持ちは本当よ。嘘じゃないわ……」

「はぁ……わかったよ。なんとかやってみる」

俺が言うと、ローレライは頷いて、住人が並んでいるところに行った。

ローレライの気持ちはわかった。結婚云々は置いておいて、ここまで来たら逃げられない。

さて、俺の戦闘能力だが……ハッキリ言って村の中で最弱レベルと言っていい。

そもそも、実戦経験がない。

リュドガ兄さんやシェリーは軍にいたから何度もあるが、俺は勉強ばかりしていたからな。習った魔法も農耕・植物関係だったし。

だが、俺には『緑龍の知識書（ムルシエラゴ・グリモワール）』がある。

ページをめくると、俺の望んだ魔法が表示される不思議な本。これを使えば、俺にも勝ち目はあるだろう。

以前、ガーランド王を倒せる魔法と念じながらめくったら、禁忌魔法とやらが表示された。

つまり、ガーランド王はそれほどの相手。

「さてアシュトくん、準備ができたようだ……始めよう」

「……はい」

ガーランド王は、広場の中心まで歩き、両腕をガシッと組む。

俺は杖を抜き、本を片手に前へ。

「アシュトーっ!!　やるなら勝ちなさーーーいっ!!」

「「村長ファイトーーーーーっ!!」」

エルミナ、メージュ、ルネアのハイエルフトリオが声援を送る。

「村長がんばーっ!!」

「がんばれーっ!!」

続いてノーマちゃん、シンハくんの応援。

「村長、がんばるんだな!!」

「叔父貴、応援しています!!」

「しっかりやれや!!」

ポンタさん、グラッドさん、アウグストさんの声だ。

『アシュトがんばれーっ!!』

『アシュト、アシュト、ガンバレ!!』

『アシュト、オラ、オーエンスル!!』

「まんどれーいく」

「あるらうねー」

フィル、ウッド、フンババ、マンドレイク、アルラウネ。

他にもたくさんの住人たちが俺を応援してくれている。

その時、俺は突き刺さる視線を感じた。

「……ふんっ」

「お兄ちゃんのバカ……」

振り向いた先にいたのは、ミュディとシェリーだ。

間違いなくローレライとクララベルの婚約の件で怒っている……

とにかく、この戦いを終わらせて誤解を解かないと。

「アシュトくん。キミが娘たちに相応しいかどうか……確かめさせてもらうぞ!!」

「は、はいっ……」

「娘を助けてくれたことは感謝しているが、婚約は吾輩を倒してからだぁぁぁぁぁーーーーーっ!!」

「ひぃぃぃぃぃぃーーーーっ!?」

なんかめっちゃ個人的感情が爆発しているんですけど!?

「行くぞアシュトくぅぅぅーーーんっ!!」

「ひゃぃぃぃっ!?」

こうして、俺とガーランド王の戦いが始まった。

ガーランド王はいきなり仕掛けてくる……かと思いきや、急に冷静になって言う。

「さて、そうは言ったが……キミは魔法師のようだからね。吾輩が殴れば死んでしまうかもしれん。キミが使える魔法を好きなだけ撃ちたまえ。吾輩はその全てを受け、叩き潰そう!!」

お、マジっすか？

つまり、俺の魔法が全部通用しなかったらガーランド王の勝ちってことだ。それはありがたい。

ガチで戦闘したら勝ち目なんて万に一つもないからな。

とりあえず、様子見と行くか。

本のページをめくる。

＊＊＊＊＊＊＊＊＊＊＊＊＊＊＊＊＊＊＊＊＊＊＊＊＊

「植物魔法・攻撃」

○鳳仙花乱れ撃ち（インパチェンス・マシンガン）

種を飛ばしてアタ～ック!!

どんな魔獣も穴だらけ、当たるとめっちゃ痛いよ～♪

＊＊＊＊＊＊＊＊＊＊＊＊＊＊＊＊＊＊＊＊＊＊＊＊＊

いや、穴だらけって……めっちゃ痛いとかいう次元じゃないような。

でも、様子見の魔法と思いながら開いたページだし、ガーランド王なら死なないんだろうな。

よし……使うか。

「撃て、放て、貫け、大地に根付く鳳仙花（ほうせんか）よ、あらゆるものを撃ち貫け‼　『鳳仙花乱れ撃ち（インパチェンス・マシンガン）』‼」

詠唱が終わると、俺の背後に巨大な植物がニョキニョキと生えた。

いくつも枝分かれした蔦の先端に、発射口のようなものが形成される。

「ほう、面白い魔法を使うな」

「当たったら痛いですよ‼」

杖をガーランド王に向けると、発射口からボボボボボボボッ‼　と、俺の頭部よりも大きな種が連続で発射された。

「ぬんっ‼」

だが、ガーランド王は両腕を交差させると、種をそのまま全身で受ける。

「なっ⁉」

「ぬぬぬぬぬぬぬぅぅぅぅぅぅぅんんっ‼」

集中砲火。

ガーランド王の装備していた鎧は砕け、上半身が露（あら）わになる。

種は遠慮なくガーランド王にブチ当たるが、彼は一切避けることなく受け止めた。

そして、種が止まる。

「ふぅ……なかなかの攻撃だな」

「……うっそ」

ガーランド王は、無傷だった。

ニッコリ笑い、首をコキコキさせる。

ガッチガチに鍛えられた上半身は、バルギルドさんやディアムドさんに匹敵するだろう。

「な、なら……こいつだ!!」

＊＊＊＊＊＊＊＊＊＊＊＊＊＊＊＊＊＊＊＊＊＊＊＊＊＊＊＊＊＊

『植物魔法・攻撃』
○眠り樹の華粉（スリーピング・パウダー）
眠〜くなる花粉を出す樹だよ!!

吸いすぎて永眠しないようにね〜♪

＊＊＊＊＊＊＊＊＊＊＊＊＊＊＊＊＊＊＊＊＊＊＊＊＊＊＊＊＊＊

呪文を詠唱すると、細い木がガーランド王のそばに生える。

「む……ん？　ふぁぁ……ん〜……なるほど、なっ!!」

だが、ほんの少しふらついただけで、すぐに気合いを入れて意識を覚醒させた。

そして軽く腕を振るい、木をあっさりと破壊する。

「ははは、こんな小手先の魔法は吾輩には通じん!!　……あるのだろう？　とっておきが」

「……まぁ、一応」

「では出したまえ!!　キミの持つ最高の魔法を!!　吾輩を倒し、ローレライとクララベルを手に入れてみせよ‼」

「……死ぬかもしれませんよ」

「笑止‼」

「……」

俺は、本のページをめくる。

＊＊

「植物魔法・禁忌」
○ヤドリギに絡む大蛇（ミストルティン・ヨルムンガンド）
ちょー強い樹の大蛇を召喚します♪

このヘビに勝てる生物はいないかもね～♪

＊＊

これ、本当に使っていいのだろうか。だって、禁忌って書いてあるし。

でも、ガーランド王に生半可な魔法が通用しないのは確かだ。

「さぁ……来い‼」

「……わかりました。その代わり、絶対に死なないでくださいね」

俺は覚悟を決め、杖を構えた。

「ヤドリギに絡みし大地の蛇龍（じゃりゅう）、無限の命を持ちし樹の化身、黄昏（たそがれ）より来たりし神話七龍、緑龍ムルシエラゴの名のもとに顕現せよ。『ヤドリギに絡む大蛇（ミストルティン・ヨルムンガンド）』!!」

あとで思ったことだが……マジで使わなきゃよかった。

それは、大地震とともに現れた。

地面が激しく揺れ、周囲の大地から何本もの『根』が飛び出し、意志を持つかのように互いに絡みつく。

住民や騎士団、俺、ガーランド王が見守る中、絡み合った『根』は一本の塊になった。

『ジャシャアアアアアアアアアア!!』

そこに……樹の根で作られた、大蛇が現れた。

とんでもない大きさと長さ。いやはや……フンババが可愛いレベルの召喚獣だ。

誰もが唖然とする中、何人かは笑っていた。

「バルギルド……」

「……ああ、疼いてきた」

戦闘マニアのバルギルドさんとディアムドさんは、怖いくらい楽しげな笑みを浮かべていた。

そしてもう一人。

「くはははははっ!!　これがキミの切り札か!!　面白い!!」

ガーランド王は、全身の筋肉を膨張させる。

両腕を広げ、拳を握り、バルギルドさんたちと同様の笑みを浮かべる。

「来い!!」

『ジャアアアアアアアアアアアアアアッ!!』

大蛇――ヨルムンガンドが、ガーランド王目がけて飛びかかる。

ガーランド王はヨルムンガンドを真正面から受け止め、思い切り弾き飛ばされた。

「ぐぬぅぅぅぅぅぅぅぅぅ!?」

『ジャアアアアアアアアアアアアアッ!!』

ヨルムンガンドが大口を開け、ガーランド王を丸呑みにしようとする。

ガーランド王は呑まれまいと、ヨルムンガンドの上顎を押さえ、踏ん張って耐えていた。

「ぜいあぁぁぁぁぁぁぁっ!!」

『ジャアアッ!!』

ガーランド王は力任せに、ヨルムンガンドの上顎をぶん殴る。

すると、ヨルムンガンドの上顎が千切れ飛んだ。

どんなにデカくても植物だ。ガーランド王からすれば、耐久性はその辺の樹木と変わらないのかも。

だが……この魔法の恐ろしさは、ここからだった。

「な……なにぃぃぃっ!?」

『ジャアアアアアアアアアアアアッ!!』

ヨルムンガンドが一瞬で再生したのである。

そう、ヨルムンガンドの身体は地面と一体化している。どんなに傷ついても、大地のエネルギーを吸収しているから一瞬で回復できるのだ。

「ならば根を刈り取るまで!!」

ガーランド王は右手を手刀のようにして、ヨルムンガンドと繋がっている大地の根を切断する。

しかし……それも無駄だった。

『ジャアアアアアアアアアアアッ!!』

「む、おぉぉぉぉっ!?」

なぜなら根が切断されても、俺がヨルムンガンドに魔力を送れるからである。俺が存在する限り、ヨルムンガンドが消えることはない。

ガーランド王は、無限に再生するヨルムンガンドと、全力の攻防を繰り広げた。

「くはははははははっ!! 久し振りだ、本当に久し振りだ!! この覇王龍(ケーニッヒ・ドラゴン)ガーランドをここまで追い詰めるとは!! 血湧き肉躍(おど)るとはこのことよ!!」

ガーランド王、めっちゃ楽しそう。

ヨルムンガンドを掴んでは引き裂き、巻きつかれては力業(ちからわざ)で脱出し、薙(な)ぎ払われては立ち向かい……いつのまにか、ガーランド王は身体中傷だらけでボロボロになっていた。

さて、どうするか。

ハッキリ言って、もう俺の勝利だろう。

ヨルムンガンドは無限に再生するが、ガーランド王はそうじゃない。どんなにガーランド王が強くても、体力の限界は必ず来る。

現に、今やガーランド王は肩で息をしている。全身に細かい傷が刻まれ、出血も増えていた。

「ふふ、こうなれば……吾輩も本気でやらせてもらうぞ!!」

ガーランド王の目がギラリと光り、姿が変わっていく。

メキメキゴキゴキボキボキと派手な音を立て、皮膚が黒くなり、身体が大きくなり、顔も厳ついドラゴンのものになる。

ガーランド王は、大きな翼を広げた二足歩行のドラゴンに変身した。

身長は五メートルを超え、圧倒的オーラが周囲を包む。

『ゴアアアアアアアアアアアアーーーーッ!!』

ガーランド王が咆哮(ほうこう)を上げた。

俺はというと、情けなく腰を抜かしていた。

「こ、これが『覇王龍(ケーニッヒ・ドラゴン)』……なのか」

とんでもなかった。

間違いなく、紅蓮将軍と呼ばれた父上や、雷帝と名高いリュドガ兄さんよりも強い。というか、ビッグバロッグ王国の戦力じゃまず勝てない。

『さぁ、続きといこうじゃないかァァアーーーッ!!』

『ジャアアアアアアアアアーーーッ!!』

ヨルムンガンドがガーランド王の身体に絡みつくが、ガーランド王は全身に力を込めただけでバラバラに弾き飛ばす。

だが、ヨルムンガンドは一瞬で復元。再びガーランド王を拘束した。

『ぬぅぅぅっ!! こやつ、身体の強度が上がっておる!?』

どうやら、ヨルムンガンドは壊れるほどに強度が上がっていくらしい。

ヨルムンガンドが、ガーランド王の全身をギシギシと締め上げる。

『ジャァァァァァッ!!』

『ぐ、ぉぉおっ!? こ、こなクソぉぉーーーっ!!』

再び、ヨルムンガンドの身体がバラバラになった。

同時に、ガーランド王はジャンプして上空へ。

口をガパッと開けた瞬間、俺は悟った。

「まさか、ブレスか!?」

俺はなんとか立ち上がり、全速力でその場から離れる。

ガーランド王の口から、バラバラになったヨルムンガンドに向け、漆黒のブレスが吐き出された。

「うおわぁぁぁっ!?」

ブレスの余波で吹っ飛ばされる俺。

そして、消し炭になるヨルムンガンド。

『グハハハっ!! 吾輩の勝――』

勝ち誇ったのは一瞬だった。

ヨルムンガンドが、何事もなかったように地面からボコボコと再生したのである。

『く、はは……いいだろう、死ぬまで相手をしてやるわ!!』

あー……こりゃどっちが勝つにしろ、時間がかかりそうだ。

◇◇◇◇◇

一時間後。

『はぁ、はぁ、はぁ……く、ぐぅぅ』

ガーランド王は、ドラゴン形態のまま膝をついていた。

全力で動き回り、ブレスを吐き、締められても力業で脱出を繰り返していたからな。さすがに体力の限界だろう。

「あ、あのー……もう、やめません?」

『……』

ヨルムンガンドへの魔力供給は、一時的にストップしている。なので、俺の命令がないと動きだすことはない。

このまま戦ってもガーランド王は勝てない。ヨルムンガンドが禁忌の存在と言われる理由が十分すぎるほどにわかった。

それに、この人は……本当に強く、尊敬できる。だからこそ俺は言う。

「ど、どうしても続けるって言うなら、俺が相手になります!!」

『…………どうやら、吾輩の負けのようだ』

ガーランド王は、ドラゴン形態から人間の姿に戻った。

そう。この人は、最終手段として俺を攻撃することもできた。というか……最初からそうすれば勝っていた。だけど、この人はそれをしなかった。

すごいよ。俺を傷つけることなく、最初の宣言通りに俺の魔法全てを受け止めた上での勝利を目指すなんて。

勝負は俺の勝ちだ。でも……器の大きさを見せつけられた俺は、まったく勝利した気にならなかった。覇王龍(ケーニッヒ・ドラゴン)というドラゴンの王のすごさに、ただただ感動していた。

「吾輩の負けだ!! アシュトくん、キミは吾輩に勝利した!! 皆の者、アシュトくんの勝利だ!!」

「うおっ!?」

ガーランド王は、住人たちに聞こえるようにバカデカい声で叫ぶ。

同時に、大歓声が周囲に響き渡った。

ガーランド王は俺を担ぎ、肩車をした。

「がーっはっはっはっ!! これほどまでに楽しい戦いは初めてだった!! 勝てる気がしないと感じたのも、命を失くすかもしれないと考えたのも初めてだ!! がはははははっ!! 吾輩はまだまだ強くなれる!! ありがとう、ありがとうアシュトくん!!」

「ええと、その……ど、どうも」

めっちゃ感謝されました。

いや、そこまでお礼を言われるのもちょっと困る。

「約束通り、ローレライとクララベルとの婚約を認めよう!!」

「え」

「ふふふ、ようやく吾輩が認められる男が現れた……もう安心だ」

「え、あの」

「アシュトくん!!　娘たちをよろしくお願いします!!」

「………」

ガーランド王は、思い込みが激しかった。

というかそんな約束した覚えはないっ!!

ガーランド王は俺を下ろして向き合う。

「アシュトくん!!　今夜は宴だ!!」

「は、はい……あはは、なんか疲れた……」

「がっはっははは!!　いやぁめでたい、実にめでた」

次の瞬間———突き刺さるような殺気を感じた。

「ツッツ!?」

「ぬぅぅっ⁉」

全身が凍りつくような殺気だった。

住人たちも気が付き、身をすくませている。

デーモンオーガ一家ですら目を見開くような、冷たい殺気。

「ま、まさ……か」

騎士団たちはガタガタ震えている。

ガーランド王ですら汗を流す。

俺は、ガーランド王の背後から誰かが出てきたのをバッチリ見ていた。

その人物は……絶対零度(れいど)の声で言った。


「────あ・な・た？」


「お母様⁉」

「ママ‼」

そこにいたのはローレライとクララベルの母親。

ドラゴンロード王国王妃(おうひ)、『銀黎龍(アマルガム・ドラゴン)』アルメリア様だった。

「あああああアルメリア？　どどどどどうしてここへ？」

ものすごい震え声で尋ねるガーランド王。

「……もちろん、王国の使者として来たのです。それと、国をほっぽりだして、龍騎士団を連れて出ていったダメ男を連れ戻しにね？」

「ええええとと……ああああの」

「ふふふ♪　ドラゴンロード王国郊外の集落視察などと嘘をつかず、素直に言えばよかったではありませんか……『娘たちに会いに、オーベルシュタインへ出かける』と」

「『ひぃぃぃぃっ⁉』」

アルメリア王妃の周りがパキパキと音を立てて凍りつき、俺とガーランド王は思わず叫ぶ。

というかガーランド王、嘘ついてここまで来たのか⁉　使者ってガーランド王じゃなかったのかよ⁉

アルメリア王妃は言葉を続ける。

「ねぇガーランド？　言いましたよね？　オーベルシュタインの使者は私が務めると。なぜアナタがここにいるのかしら？　しかも……娘たちの騎士団まで勝手に連れ出して？」

「………………」

あ、ガーランド王……なんか諦めた顔をしている。

俺はこっそりとガーランド王から離れた。

次の瞬間、アルメリア王妃の姿が変わっていく。

『国王が勝手に国を空けて、あまつさえ私を騙すとは……温厚な私でもブチ切れるわッ‼』

「ぎゃぁぁぁぁぁぁぁぁぁぁーーーーーっ‼」

アルメリア王妃は銀色の美しいドラゴンへ変身し、絶対零度のブレスを吐き出す。

ガーランド王は氷漬けになり、カッチンカチンのオブジェとなった……

こうしてガーランド王との戦いは幕を閉じた……いろいろと強烈だった。

第二十八章　ドラゴンの宴

「ママぁあっ!!」

「お母様っ!!」

「ローレライ、クララベルっ!!　ああ、よく顔を見せてちょうだい……」

氷のオブジェとなったガーランド王の横で、アルメリア王妃とローレライとクララベルが再会する。

母と娘たちは抱き合い、涙を流す……んだけど、カチコチになったガーランド王が気になりすぎる。

ひとしきり抱き合って再会の喜びを分かち合うと、アルメリア王妃は俺のもとへ。

「初めまして。私はアルメリア。ドラゴンロード王妃にして、この子たちの母です。この度は娘たちが世話になって……」

「初めまして、アシュトです」

握手を交わし、挨拶する。

ちなみに、住人たちは騎士団たちに送られ、先に村へ帰った。

現在、戻ってきた騎士団たちが、氷のオブジェとなったガーランド王を必死に運ぼうとしている。

なんか憐れだ。

ローレライとクララベルは、そんな父を一切心配することなく、嬉しそうに母と話している。

「お母様、話したいことがたくさんあるわ。手紙だけじゃ伝わらないもの」

「うんうん!! 今日はいっぱいお話ししようね!!」

「ええ。でも、仕事があるから明日には帰るわ。もちろん、ガーランドもね」

「そっかー……ママ、今夜は一緒に寝ようね」

「ええ、甘えんぼのクララベル」

「ふふっ」

なんか俺、いない方がいいかな。

今夜はパーティーなのはいいけど、俺は少しだけ気が沈む。

その原因は、俺の右手にあったはずの杖。

「……あーあ」

圧倒的魔力に耐え切れなかったのか、杖が粉々に砕け散ってしまったのである。

子供の頃から使っている杖だけに、愛着も強かったんだけど……

「さぁアシュト、村に帰りましょう」

「お兄ちゃん、帰ろっ」

「……ああ」

今は、この気持ちを知られたくない。

そう思って、俺は何も言わないことにした。

◇◇◇◇◇◇

ガーランド王とアルメリア王妃が来た夜、大宴会を開いた。

全住人と騎士団たちを大宴会場に集めて、豪華料理を振る舞う。

メインは『ジャイアントキングオーク』の丸焼き。俺とガーランド王の戦いを見てムラムラしたらしいデーモンオーガ一家が、張り切って狩ってきた。

めちゃくちゃデカい豚肉を、ようやく解凍されたガーランド王のブレスで丸焼きにする。豪快な調理法に住人は驚いていた。というか、あんなことがあったのにピンピンしているガーランド王、すげぇな。

貯蔵していたセントウ酒・ワイン・エールを山ほど準備し、銀猫族が張り切って作った料理も出す。さすがのガーランド王たちもセントウ酒には驚いていた。

騎士団たちも住人に溶け込み、酒を楽しんでいる。

そして、ガーランド王が言った。

「アシュトくん!!　娘たちをよろしく頼むぞ!!」

「は、はい」

それは村の住人として？　それとも生涯的な意味で？

ものすごく気になったが、ちょっと聞けなかった。

とりあえず、結婚に関しては、あとでローレライとクララベルに誤解を解いてもらおう。

宴会は、深夜まで続いた。

翌日、ガーランド王たちは引き上げていった。

ローレライとクララベルとの別れを惜しんでいたが、ドラゴンロード王国を長く空けるわけにはいかないと言っていた。

ちなみにアルメリア王妃は一人で飛んできたらしい。帰りはガーランド王の背中に乗って優雅に飛んでいった。

そして、俺の家の前には四十人の『半龍人（デミ・ドラゴニュート）』が直立不動で立っている。ガーランド王が滞在させるといった、『雪龍騎士団（スノウ・ナイツ）』と『月龍騎士団（ムーン・ナイツ）』の騎士たちである。

俺の隣にはローレライとクララベルが。今日からこの村に滞在する騎士団を紹介してくれているのだ。

ちなみに、彼らが乗ってきたドラゴンたちは、サラマンダー族が世話をすることに。ドラゴン用の厩舎と騎士団たちの宿舎も建設が始まった。

俺はと言うと、噂に名高いドラゴンロード王国の龍騎士団を前に緊張していた。

「え、ええと……」

困っていると、二人のイケメンが前に出た。

「初めましてアシュト様。『雪龍騎士団（スノウ・ナイツ）』団長ランスローと申します!!」

「同じく、『月龍騎士団（ムーン・ナイツ）』団長ゴーヴァンと申します!!」

ランスローさんはクララベル直属の騎士団団長で、ゴーヴァンさんはローレライ直属の騎士団団長だ。

ランスローさんは高身長で、長い金髪を後ろでまとめており、白い雪のような鎧に剣を装備している。

ゴーヴァンさんも高身長だ。灰色の髪にキリッとした切れ長の目のイケメンで、灰色の鎧に剣を差している。

「本日より、この村の警備全般を担当させていただきます」

と、ランスローさん。

「そして、姫様たちの身辺警護を」

と、ゴーヴァンさん。

「そして我ら、姫様の夫であるアシュト様に、忠誠を誓います」

「ガーランド王をくだした偉大なる魔法王アシュト様に、忠誠を」

「え……」

ランスローさんとゴーヴァンさんは、俺の足元に跪く。続いて騎士団たちも一斉に跪いた。

ぽけーっとしていると、ローレライに小突かれる。

「アシュト、『面を上げよ』よ」

「お、面を上げよ」

二人の騎士は、顔を上げる。

何これ……あのドラゴンロード王国の龍騎士団が、俺に忠誠を誓うだって？

というか、夫とか魔法王って……

「『貴殿らの働きに期待する』よ」

「き、貴殿らの働きに期待する」

「「イエス・マイロード!!」」

「「「「イエス・マイロード!!」」」」

こうして、ドラゴンロード王国の龍騎士団が部下になりましたとさ……何よこれ？

ローレライはニコニコしてるし、クララベルは俺の腕にしがみついてくるし……

なんか取り返しがつかないところまで来てしまった気がする。

「あ、そうだローレライ、手紙の内容を教えてくれよ。ちゃんと聞いてなかったしな」

「……別に、普通よ」

「普通ってなんだ、普通って……」

「……さ、さぁね。じゃあ私はここで、図書館に行かなくっちゃ!!」

「あ、こらローレライ!!」

ローレライはそそくさと行ってしまった。すると、何人かの騎士がローレライのあとを追う。

「よーし、わたしも遊んでこよーっと!!」

「あ、クララベル」

「じゃあまたあとでねーっ!!」

クララベルも行ってしまい、騎士たちが付いていった。

「ではアシュト様。村を警護するにあたって、いくつかよろしいでしょうか?」

「地形の把握をしたいので、お手数ですが会議室をお貸しいただきたい」

「あー……わかりました、どうぞ」

とりあえず、ローレライの件は保留かな。

騎士団たちは、交代で村の警護をするようになった。
村を歩いてパトロールしたり、ドラゴンに乗って上空から警護したり、手の空いた者は訓練なんかをしている。

クララベルにせがまれ、子供たちをドラゴンの背中に乗せて飛ぶこともあるようだ。

ドラゴンの厩舎や騎士団たちの宿舎も、急ピッチで建設が進んでいる。

ローレライとクララベルは、それぞれ騎士団長が自ら警護をしている。

クララベルは基本的に気にせず遊んでいるが、ランスローさんに勉強をするように言われると一目散に逃げてしまう。そんなクララベルを捕まえるため、子供たちと騎士たちが追いかけっこする光景も見られるようになった。

ローレライは図書館の司書をしながら、しっかり勉強もしていた。そばにはゴーヴァンさんが付き従い、たまにローレライのためにカーフィーを淹れている。美男美女のカップルにしか見えねぇ。

まぁ、にぎやかなのはいいことだ。

ある日の早朝、俺とウッドはユグドラシルの樹の前にいた。

『きゃんきゃんっ!!』

「おはよう、シロ」

『オハヨウ、オハヨウ!!』

少し大きくなったシロが、俺とウッドの周りをグルグル回る。

俺はシロを抱き、思い切りワシワシ撫でた。

「よーしよーし、可愛いヤツめ」

『きゅううぅん……』

「悪いな、ちょっとだけ我慢してくれ」

俺はシロを放すと、ユグドラシルの根元をスコップで掘る。

シロは特に暴れず、尻尾をブンブン振って見ていた。

こんなことをする理由は一つ。

「……長らく、世話になりました」

そう、折れた杖を供養するためだ。

子供の頃、父上が買ってくれた杖……城下町の杖専門店で買った、イチイの木で作られたものである。

杖は、魔法師にとって身体の一部……正直に言うと、かなり悲しい。

ガーランド王やローレライたちには、このことは言ってない。言うと責任を感じるだろうしな。

『くーん……』

シロが、慰めるように身体を擦りつけてきた。

「ありがとう、シロ。俺は大丈夫」

『アシュト……』

ウッドは俯き、悲しんでいるように見える。

「ウッドも、ありがとう」

これ以上は、ウッドたちに申し訳ない。遊んでおいでと言い、一人で杖を埋める。

「さて、代わりの杖をなんとかしないと。ドワーフたちなら杖を作れるかな……」

「それなら、ユグドラシルの枝を持っていくといいわ」

「え？　……シエラ様」

「はぁい♪」

シエラ様がいつの間にか隣に……もういいや、いつものことだ。

「禁忌魔法を使ったのね？」

「……はい」

「ガーくん……ガーランド相手なら仕方ないわね。禁忌はとーっても強い魔法だから、普通の杖じゃ保たないのよ」

シエラ様は、いつもと変わらない笑顔で言う。

「あの、ユグドラシルの枝とは……？」

「えっとね、杖の素材は大きく分けて三つ。本体である木材、芯となる魔法素材、核となる結晶の三つ。本体の素材として、ユグドラシルの枝ほど適したものはないわ」

「……なるほど。確かに」

「それと、魔力の通り道である芯と、魔力を増幅させる核は……これを使って」

「え……これは」

シエラ様は、エメラルドグリーンに光る毛の束と、指先ほどの大きさの緑色の宝石を手渡した。

あまりの美しさに、しばし魅入られる。

「これ……すげぇ、綺麗だ」

「ふふ♪　私の鬣と爪の先っぽよ」

「え」

「やぁん、恥ずかしいわぁ♪」

シエラ様は、身体をくねらせながら俺にしなだれかかる。なんというか、こういうのにも慣れた。

それより、なんでここまでしてくれるのか気になった。

「あの、なんでこんなに……」

「ん～……アシュトくんが頑張ったご褒美、かな？」

「え？」

「アシュトくん、すっごく頑張っているわ。誰もいなかった寂しい土地を、笑顔で溢れる村にしちゃったんですもの。ずっと眠っていた私を起こして、毎日楽しい声や笑顔で溢れさせてくれる……本当に、嬉しいのよ？」

「……シエラ様」

「ふふ♪　だ・か・ら……お姉さんからのプレゼント♪　ふぅっ」

「ひっ!?」

耳に息をかけるのはやめて!!　それだけは慣れない!!

「杖作りは、ハイエルフの長……ヂーグベッグくんに依頼してね。あの子、執筆もすごいけど、杖作りの腕も超一流なのよ？」

「は、はい……その、ありがとうございます!!」

「うふふっ♪」

シエラ様は俺から離れると、そのまま歩きだした。

そして、立ち止まる。

「あ、そうだアシュトくん」

「はい？」

「そろそろ、村の名前を決めたら？　ず～っとほったらかしだよね？」

「……あ」

確かに、ずっと後回しだったわ。

シエラ様に言われた村の名前。
俺一人で考えることもできたけど、やはりここはみんなの村だ。住人たちの意見をもとに考えるべきだろう。
俺は文官のディアーナたちの事務所に来ていた。
「というわけで、村の名前を考えたい。住人にアンケートを取ろう」

「なるほど。ですがここはアシュト様の村、アシュト様が考え――」

「ストップ。まず『俺の村』ってのはやめよう」

「……わかりました。では、住人たちから村の名称候補を出してもらい、アシュト様に決めていただく、というのはどうでしょう。村長であるアシュト様が最終決定をするということで」

「む、ん～わかった、それならいいよ」

「かしこまりました。ではセレーネ、ヘカテー、アンケートの準備を」

「「はい、お嬢様」」

「お嬢様はやめなさい」

まずは、村の住人たちの意見を聞こう。

どんな名前にするか、最後の判断だけ俺がする。このくらいならいいだろう。

ところで、少し気になった。

「なぁディアーナ、お嬢様って？」

「………」

無視されました、はい。

数日後。俺は再びディアーナの事務所へ。

「アシュト様、アンケート結果をどうぞ」

「…………」

ディアーナたちの仕事は早い。

それはとても評価できる。でもさ、なんなのよ、これ。

【村の名称候補一覧】
アシュトの村
アシュトの里
アシュト村
アシュト王国
その他

「一番多かったのは『アシュトの村』です。では、お決めください」

「ふっざけんな!!　なんで俺の名前なんだよ!?」

何が悲しくて自分の名前を付けなきゃあかんのよ。

とにかく、アシュト関係の名前は却下だ。

「その他。エルミナの村……却下。森の村……普通すぎる、保留。妖精の村……う～ん、保留。ご主人様の村、却下」

なんとも言えない名前が続く。

「アシュト様、やはりここはアシュトの村で……」

「絶対にイヤだ。断固拒否する」

「……はぁ」

ディアーナがため息を吐いた。

悪かったな。アンケート取らせたのに優柔不断でよ。

「……では、私からも案を一つ」

「ん？」

そういえば、このアンケート結果にディアーナの意見がない。

羊皮紙から目を離すと、ディアーナは言った。

「アシュト様は『緑龍ムルシエラゴ』様の眷属。ならば『緑龍の村』はどうでしょうか」

「………」

緑龍の村。

なんだろう、すごくしっくり来る。

「いい。いいぞディアーナ……緑龍の村か」

「あ、あくまで案の一つです。思いつきですので、すぐに決定せず……」

「いや、決まった……この村の名前は、緑龍の村だ!!」

「ア、アシュト様!?」

この村は『緑龍の村』……うん、名前があるっていいな。

翌日。俺は住人を集め、村の名前を発表した。

「えー、アンケートを取ってまとめた結果、今日からこの村の名前は『緑龍の村』としました。みんなの意見を参考にして、ディアーナが決めてくれた。みんな、ディアーナに拍手だ‼」

すると、住人がディアーナに向けて盛大な拍手を送る。異論がある人はいないようだ。

さすがのディアーナも恥ずかしいのか、顔を赤くして俯いてしまった。

そしてなぜか、俺をキッと睨む……うーん、悪いことしちゃったかな。

よし、今日からここは『緑龍の村』だ。

村の名前が決定したし、景気よく魔法でも使おうかと思ったが……本はあっても杖がなかった。

俺は、ディアーナに拍手しながら決めた。

「新しい杖、ギーグベッグさんに作ってもらおう」

俺は、ギーグベッグさんに新しい杖を依頼すべく、ハイエルフの里へ向かうことを決めた。

ユグドラシルとシエラ様の素材を使った杖……どんなものが出来上がるのか楽しみだ。

水しか出ない神具【コップ】を授かった僕は、不毛の領地で好きに生きる事にしました
長尾隆生
Nagao Takao
辺境領主の領地再生ファンタジー、開幕！
コップひとつで自由に町作り！
大貴族家に生まれた少年、シアン。彼は順風満帆な人生を送るはずだったが、魔法の力を授かる成人の儀で、水しか出ない役立たずの神具【コップ】を授かってしまう。落ちこぼれの烙印を押されたシアンは、名ばかり領主として辺境の砂漠に追放されたのだった。どん底に落ちたものの、シアンはめげずに不毛の領地の復興を目指す。【コップ】で水を生み出し、枯れたオアシスを蘇らせたことで、領民にも笑顔が戻り始めた。その時、【コップ】が聖杯として覚醒し——!?　シアンは【コップ】をフル活用し、名産品作りに挑戦したり、不思議な魔植物を育てたりして、自由に町を作っていく！
◉定価：本体1200円＋税　◉ISBN 978-4-434-27336-0
◉Illustration：もきゅ

前世で辛い思いをしたので、神様が謝罪に来ました

God came to apologize because I had a hard time in the past life

初昔茶ノ介
Chanosuke Hatsumukashi

全属性カンスト魔法
スキル作り放題
女神さまがくれた猫

てんこ盛りなお詫びチートで
不可能ゼロの天才少女に!?

辛い出来事ばかりの人生を送った挙句、落雷で死んでしまったOL・サキ。ところが「不幸だらけの人生は間違いだった」と神様に謝罪され、幼女として異世界転生することに！　サキはお詫びにもらった全属性の魔法で自由自在にスキルを生み出し、森でまったり引きこもりライフを満喫する。そんなある日、偶然魔物から助けた人間に公爵家だと名乗られ、養子にならないかと誘われてしまい……!?

◉定価：本体1200円+税　◉ISBN：978-4-434-27440-4

◉Illustration：花染なぎさ

Machigai shokan!

間違い召喚！

追い出されたけど上位互換スキルでらくらく生活

カムイイムカ
Kamui Imuka

人違いで召喚されて即追放！でも隠れチートがありました。

何でもレア化するスキルで

快適 人助けの旅！

うだつのあがらない青年レンは、突然異世界に勇者として召喚される。しかしすぐに人違いだと判明し、スキルも無いと言われて王城から追放されてしまった。やむなく掃除の仕事で日銭を稼ぐ中、レンはなんと製作・入手したものが何でも上位互換されるという、とんでもない隠しスキルを発見する。それを活かして街の困りごとを解決し、鍛冶や採集を楽しむレン。やがて王城の者達が原因で街からは追われてしまうものの、ギルドの受付係や元衛兵、弓使いの少女といった個性豊かな仲間達を得て、レンの気ままな人助けの旅が始まるのだった。

◆定価：本体1200円＋税　◆ISBN 978-4-434-27522-7

◆Illustration：にじまあるく

◆定価:本体1200円+税　◆ISBN:978-4-434-27521-0　◆Illustration:寝巻ネルゾ

愛され王子の
異世界ほのぼの生活
Aisareoji no
isekai honobono
seikatsu

愛され王子の
異世界ほのぼの生活
Aisareoji no
isekai honobono
seikatsu
顔良し
才能あり
王族生まれ
ガチャで全部そろって
異世界へ
霜月雹花
人生一度の転生ガチャで大当たり!
頭脳明晰、魔法の天才、超戦闘力の
チート5歳児
として異世界を楽しみ尽くす!
自由すぎる王子様のハートフルファンタジー、開幕!

この作品に対する皆様のご意見・ご感想をお待ちしております。

おハガキ・お手紙は以下の宛先にお送りください。

【宛先】

〒150-6008 東京都渋谷区恵比寿4-20-3 恵比寿ｶﾞｰﾃﾞﾝﾌﾟﾚｲｽﾀﾜｰ 8F
（株）アルファポリス　書籍感想係

メールフォームでのご意見・ご感想は右のＱＲコードから、
あるいは以下のワードで検索をかけてください。

アルファポリス　書籍の感想

ご感想はこちらから

本書はWebサイト「アルファポリス」（https://www.alphapolis.co.jp/）に投稿されたものを、改稿、加筆のうえ、書籍化したものです。

大自然の魔法師アシュト、廃れた領地でスローライフ3

さとう

2020年6月30日初版発行

編集－藤井秀樹・宮本剛・篠木歩
編集長－太田鉄平
発行者－梶本雄介
発行所－株式会社アルファポリス
〒150-6008 東京都渋谷区恵比寿4-20-3 恵比寿ｶﾞｰﾃﾞﾝﾌﾟﾚｲｽﾀﾜｰ8F
TEL 03-6277-1601（営業） 03-6277-1602（編集）
URL https://www.alphapolis.co.jp/
発売元－株式会社星雲社（共同出版社・流通責任出版社）
〒112-0005 東京都文京区水道1-3-30
TEL 03-3868-3275
装丁・本文イラスト－Yoshimo
装丁デザイン－AFTERGLOW
印刷－図書印刷株式会社

価格はカバーに表示されてあります。

落丁乱丁の場合はアルファポリスまでご連絡ください。

送料は小社負担でお取り替えします。


ISBN978-4-434-27530-2 C0093